平凡倶楽部

こうの史代

平凡社

東《とっ》京《て》飛《お》行《き》

こんにちは！
突然だが、わたしは今旅をしているのだ。今日は東京都中野区の中央図書館にやって来た。旅先ではあるが、何かを知りたい時、いつもわたしはここへ来る。べつだんなくてもここへ来る。今日みたいに。
うす曇りの空に、飛行船が浮かんでいる。初夏の真昼だ。
わたしはふと思い立ち、図書館の裏の公園を訪ねてみた。この公園には蒸気機関車が静かに停まっている。しかし！ひんやり黒い機関車の向こうに、今日は真っ赤な珍客がいた。

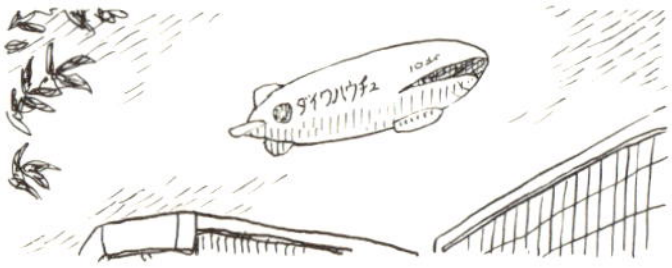

↑汽車に寄り添ってお弁当を食べるお兄さんも。

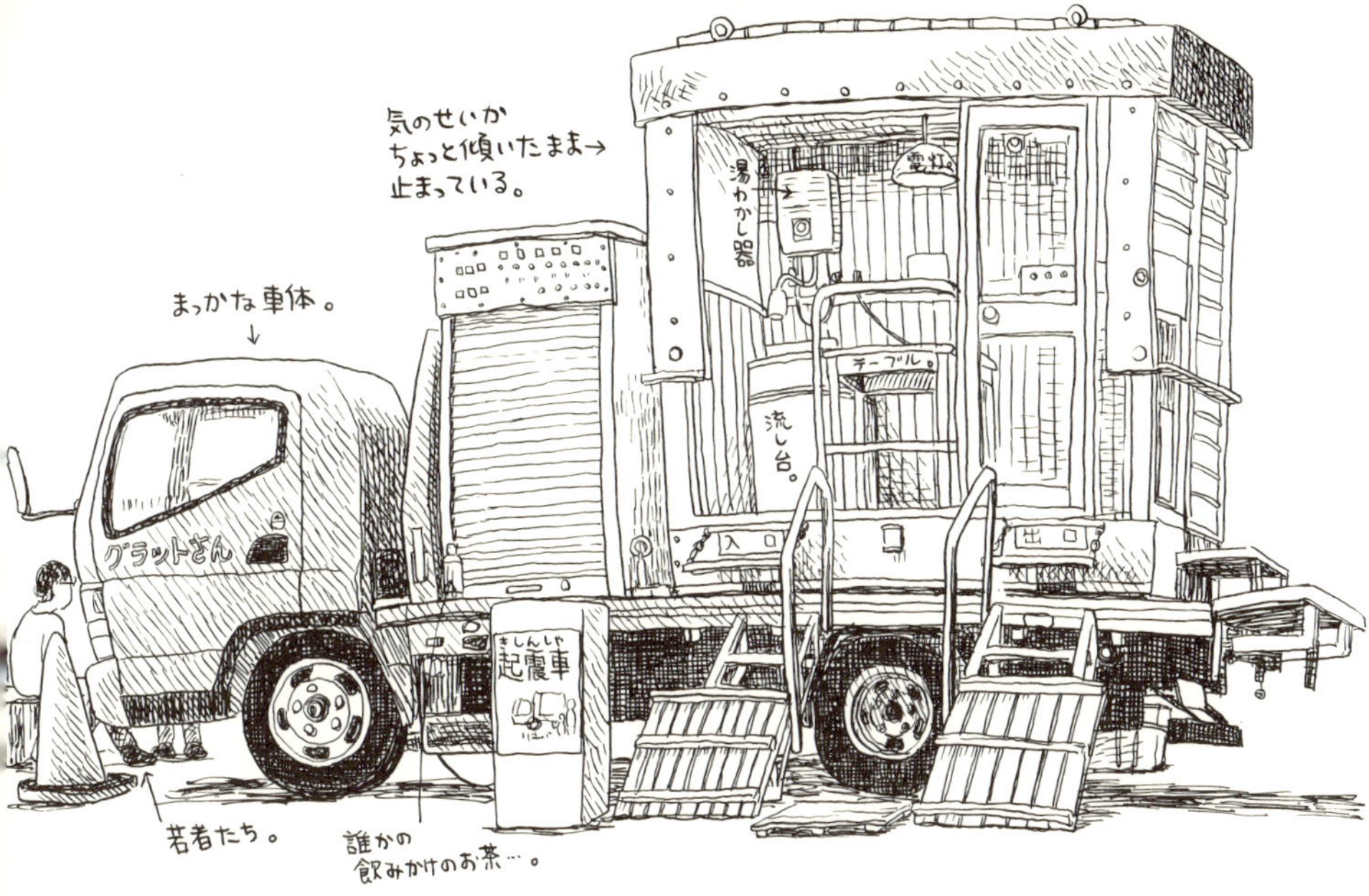
気のせいか
ちょっと傾いたまま→
止まっている。
湯わかし器
電灯。
まっかな車体。
テーブル。
流し台。
グラットさん
入口
出口
起震車《きしんしゃ》
若者たち。
誰かの
飲みかけのお茶…。

起震車《きしんしゃ》「グラットさん」だ。グラットさんもお昼休みなのだろう、お付きの者を退けて、ひとりのんびりしている。

こういう誰の家ともつかない生活感は、なんだか哀しくて愛おしい。揺らされてキャーキャー叫ばれるだけの湯沸かし器、机、電灯。揺らさない間に上がってお茶なり読書なりで普通にくつろいでみたくなる。

グラットさんの前方では四人の若者が「でぶが」「でぶが」とでぶ談義に花を咲かせていた。どうやらでぶの恋人を持つ者がいるらしい。人類がでぶを愛するのは、飽食への本能的な憧れなのだろう。

その後しばらく北へ歩き、西武《せいぶ》線沼袋《ぬまぶくろ》駅へ。並んでいるのはバスを待つ人々だ。

沼袋駅北口

このあたりの街並みは、閑静で善良で厄介だ。同じようで違う道が、まっすぐなようで曲がって走る。何度も迷子になる。

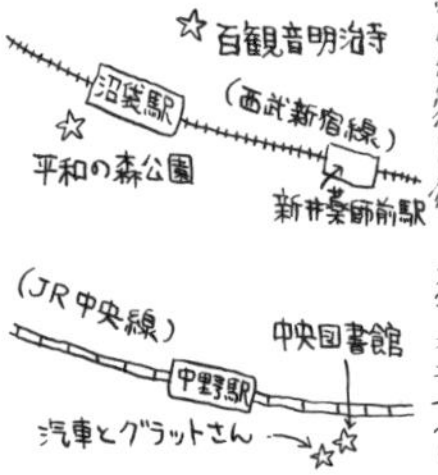
☆百観音明治寺
沼袋駅
（西武新宿線）
☆平和の森公園
新井薬師前駅
（JR中央線）
中野駅
中央図書館
汽車とグラットさん→☆

いきなり大輪のアマリリスが咲いておどかしてくるが、慌てて道しるべにしてはいけない。昨日の花は今日の現実。

このへんに伝言板が。→
こっちに石仏がある。→

百観音明治寺《ひゃっかんのんめいじでら》にたどり着く。

初めは道に迷ってここへ来た。それからは旅に迷うと必ずここへ来た。今は迷わなくてもここへ来る。

そして住職の「ひとくち伝言」を読む。今日は「九死に一生を得る」の「得る」に秘められた幸福について書かれていた。手の内にある何かに気付くしあわせと、足りない何かを求めるしあわせと。

やわらかく陽が差して、石仏が笑う。風が渡って木々も笑った。そうだ、わたしはこの旅で何かが「足りない」と感じていた。何故…何が…道しるべ…？

宿へ向かうことにした。

宿に着いて、麦茶を飲み、昼間買ったおみやげをかばんから出した。
旅のおみやげを旅の途中で開けるのはおかしいかも知れないが、長旅でもう当たり前になってしまった。何しろこの街に、わたしはもう十年ちかく滞在してしまっているのだ。迷子になりながら。足りない何かを想いながら。
これがおみやげ。ゆうがおのタネ。

夜が更けてふたたび散策。
平和《へいわ》の森《もり》公園に来た。雲は厚くなり、雨が今にも降りそうだ。東京の夜の雲はほの赤い。わたしはようやく気付いた。そうか、この街の景色には、**いつも山が**「**足りない**」。山が無いぶん、ビルと空がある。夕顔も、この赤い夜空に白く開くのだろう。そのお話は、また少しずつ。

と、いうわけで、どうぞよろしく。

お店で買ってきた
ゆうがおのタネ
5月19日現在

生きものたちの記録

ゆうべ降った雨がやんで
今日はすっかり晴れている
なんか溺れている
ざー
今話題の蜜蜂に似ているが、大きい
三センチ近くある
息をととのえている

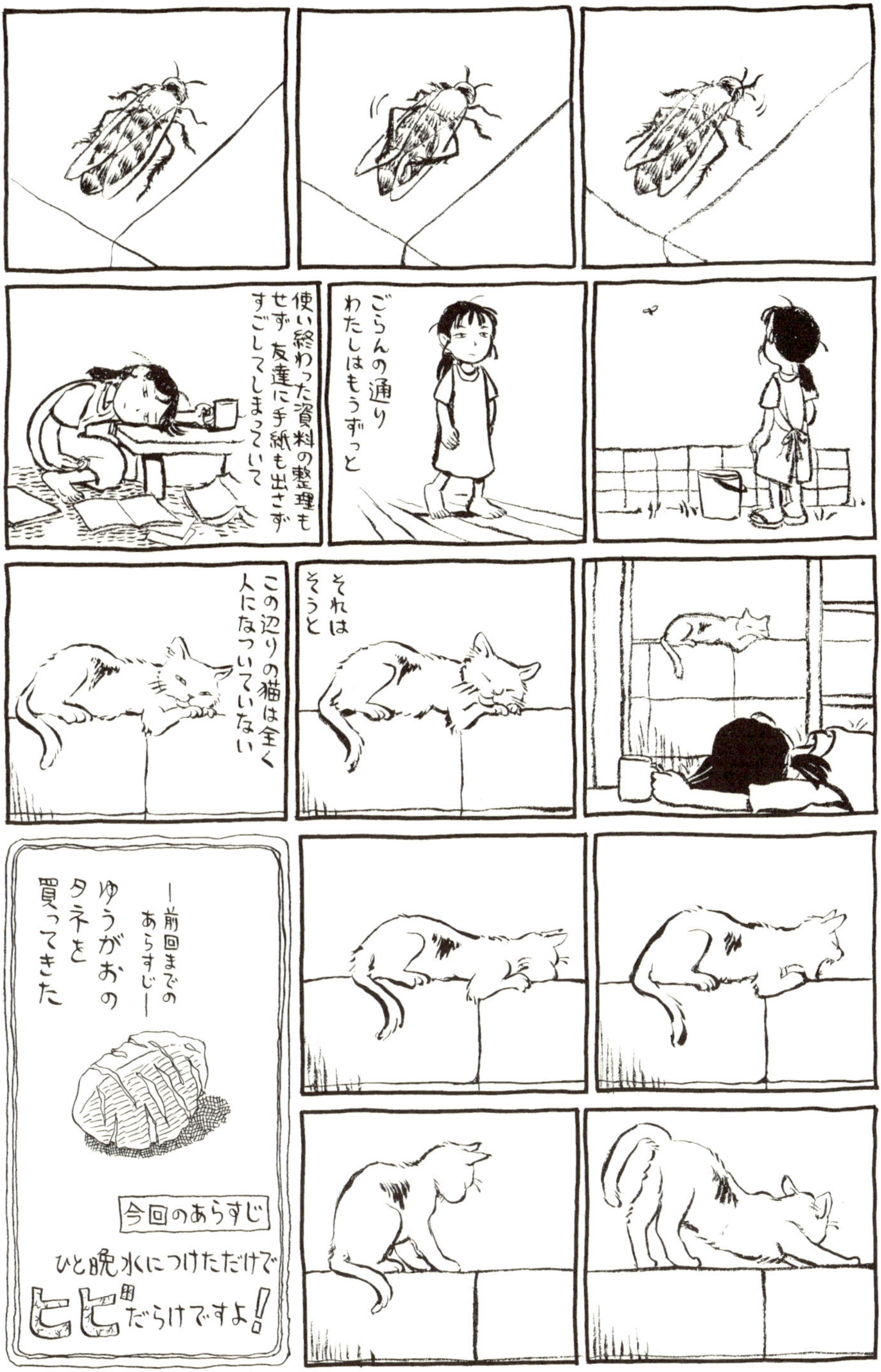

ごらんの通り
わたしはもうずっと
使い終わった資料の整理もせず 友達に手紙も出さず
すごしてしまっていて
それはそうと
この辺りの猫は全く
人になついていない
—前回までのあらすじ—
ゆうがおの
タネを
買ってきた
今回のあらすじ
ひと晩水につけただけで
ヒビだらけですよ!

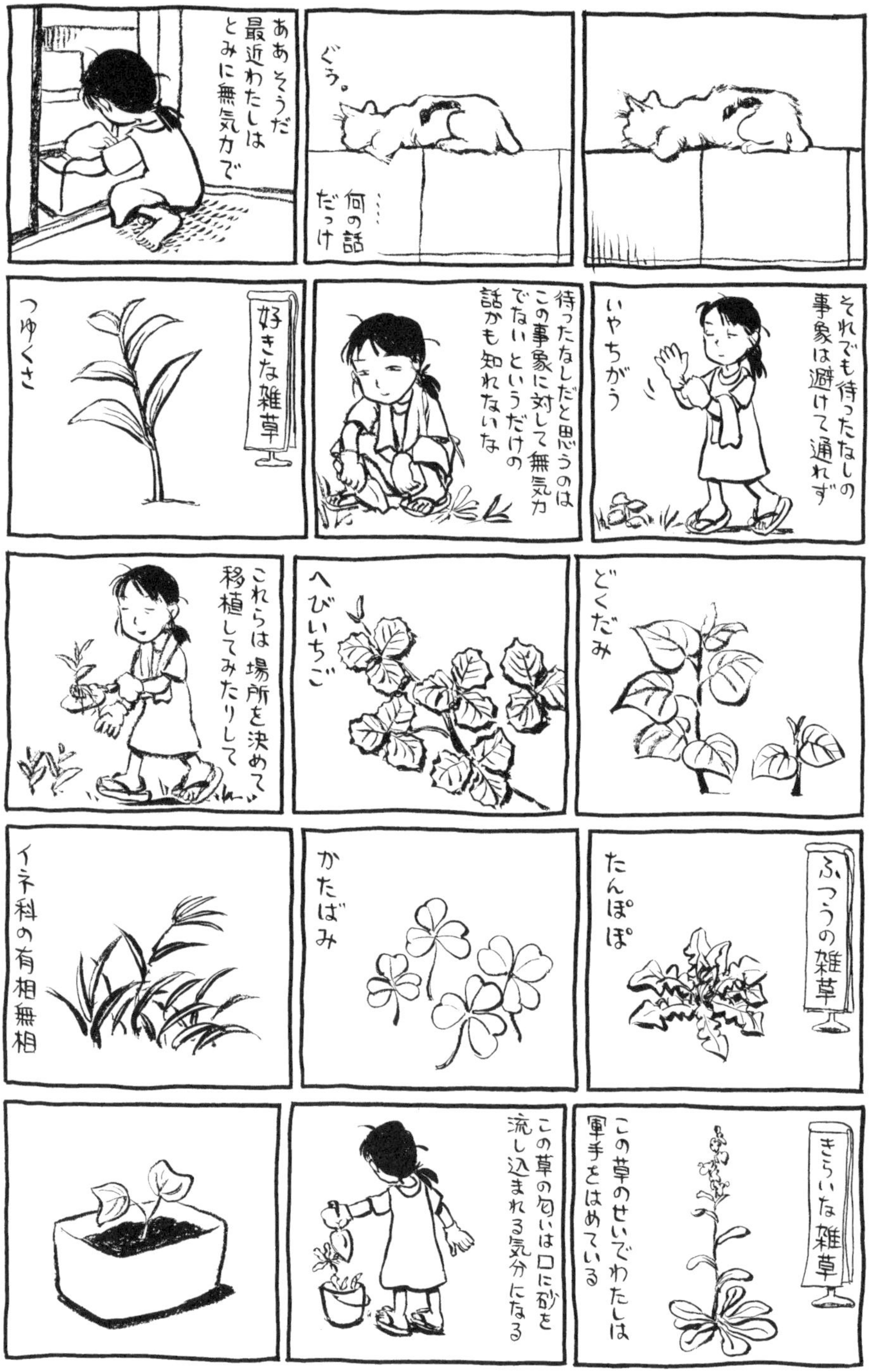
ぐぅ。
何の話だっけ……
ああそうだ
最近わたしはとみに無気力で
それでも待ったなしの事象は避けて通れず
いやちがう
待ったなしだと思うのはこの事象に対して無気力でないというだけの話かも知れないな
好きな雑草
つゆくさ
どくだみ
へびいちご
これらは場所を決めて移植してみたりして
ふつうの雑草
たんぽぽ
かたばみ
イネ科の有相無相
きらいな雑草
この草のせいでわたしは軍手をはめている
この草の匂いは口に砂を流し込まれる気分になる

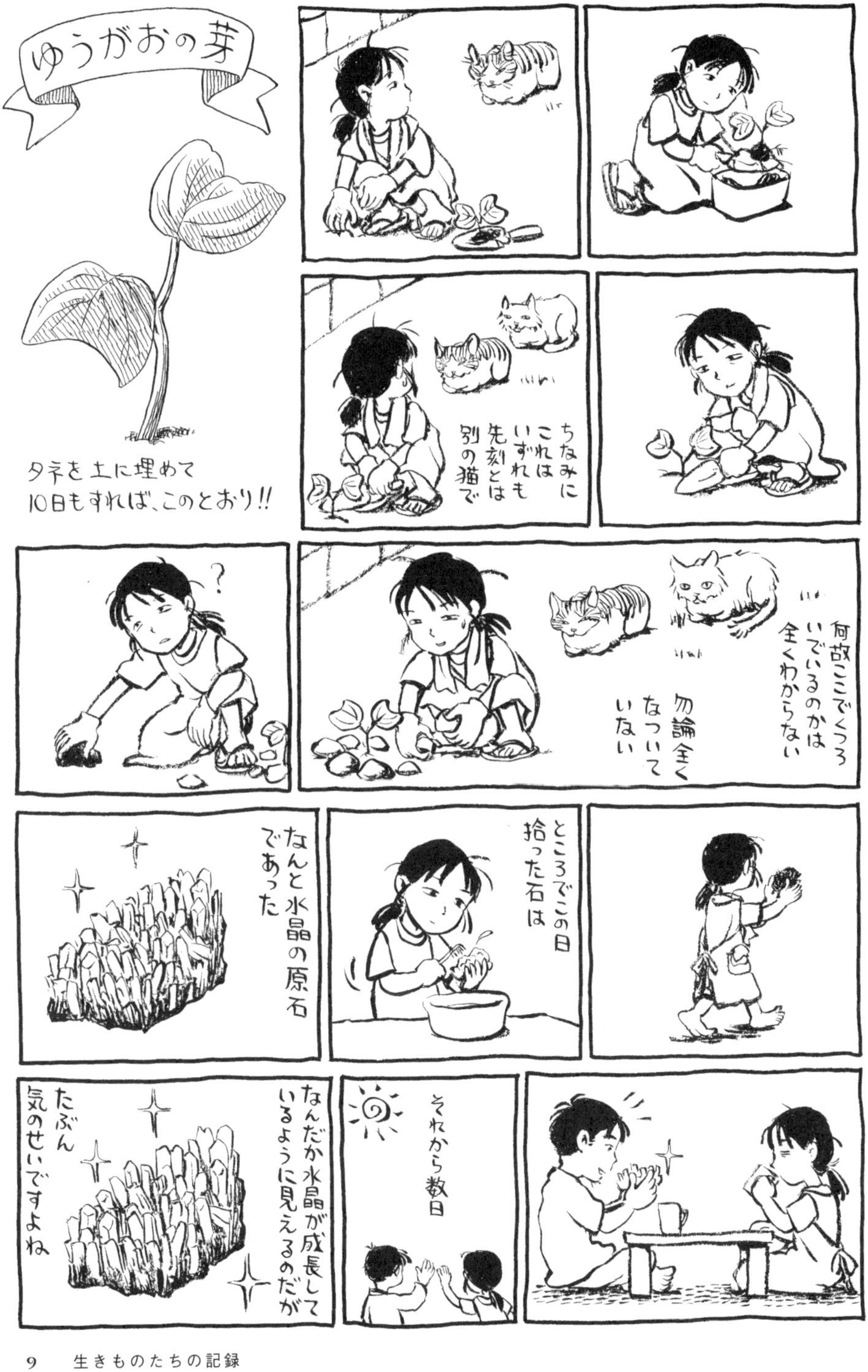
ゆうがおの芽
タネを土に埋めて
10日もすれば、このとおり!!
ちなみにこれはいずれも先刻とは別の猫で
何故ここでくつろいでいるのかは全くわからない
勿論全くなついていない
ところでこの日拾った石は
なんと水晶の原石であった
それから数日
なんだか水晶が成長しているように見えるのだが
たぶん気のせいですよね

戦争を描くという事

こんにちは！　毎日暑いがお元気ですか。

先日お話しした通り、わたしは早春からかなり無気力に暮らしている。なぜかというと、それまで太平洋戦争の漫画を描いていたからだ。二年余りかけて描き終えて、背負ってきた重荷を降ろして出荷したというところだ。おもりを失って、無気力というより無重力に近いかも知れない。

たまに これについて「おもてに出て喋ってみそ」というお誘いを頂くのだけれど、上手に話せる能力があるならそもそも漫画なんか描いてないわけで、代わりにこの機会にこうして書かせて貰う事にした。戦後六四年の現代において、貴方が戦争を考える時、何らかのちいさな手掛かり、足掛かりにでもなればと思う。

原爆ものと戦争もの

五年前、わたしは広島の原爆を題材にした漫画を描いた。この時の理由は特にない。たんにわたしが広島市出身という事で、編集さんに勧められたからだ。出版後、反響が大きいのに驚いて、時として「戦争もの」さらに「反戦もの」として捉えられた事にもっと驚いた。というのも、わたしが描いたのは、原爆特有の、戦後の後遺症の部分だけだったからだ。

原爆ものと戦争ものは、重なる部分はあるが別種のものだと わたしは思っている。

まず、周囲の望む「受容の場」が違う。戦争ものはその他の漫画とそう変わらない。しかし原爆ものとなると急に、この作品を「世界に」届ける届けないで大騒ぎになる(ちなみに日本は漫画先進国なので漫画の海外出版じたいは別に珍しくはない)。

また、同じ戦争を背景にしていながら内容も異なる。なぜかというと、原爆は広島市に特殊な戦中戦後を歩ませたからだ。わたしは子供の頃、原爆ものの児童文学にはいくぶん慣れていたつもりだったけれど、東京大空襲を描いた『ガラスのうさぎ』(高木敏子)には、全く別の衝撃を受けた。焼け野原になったのに戦争は終わらないし、空襲を受けた後に、また空襲があるのだ。

広島市は原爆以外の空襲には殆ど見舞われていない(原爆の効果をみるために、敢えて手を付けず残していたと言われる)し、投下されたのは夏だから、家をなくして寒空の下に放り出される描写もない。戦前の建物や記録まで破壊され尽くしてしまって、陸軍の軍都であったといういわば「加害の歴史」を追及される機会もない。当然、原爆一つで戦災のすべてを語ることなど出来るわけがない。

『戦争中の暮しの記録』(暮しの手帖社)という本を読んだ。その中の「東京大空襲で一晩に死んだ人の数は、ヒロシマナガサキを上回る」という言葉が、心に刺さった。原爆が東京大空襲にこうして死人の数で競わされているのを見て、何ともいやな気分になった反面、この本の編者がこう書かずにいられなかった背景を考えた。ああ、こんなやり方で、今までヒロシマは他の都市を黙らせてきたんじゃないだろうか。実際わたしはヒロシマを描こうと思う以前は、ナガサキすら知ろうとしていなかった。死人の数がこっちのほうが多いのだから、これさえ知っていれば充分だろう、と幼い頭のまま思っていたんじゃないだろうか？

長崎、東京、沖縄のみならず、殆どの日本の都市は戦災に遭っている。それなのに、わたしの作品には、広島以外の方々が自分の故郷でもない広島の悲劇に思いを寄せてくれていた。わたしもこの人達のように故郷以外の戦災について知る勇気を持ちたい、そしてかれらへの返事として漫画を描いてみたい、と思うようになった。

戦争ものの不思議

ところでわたしは戦争ものが大嫌いだ。しかし見たくもないままでは描けないので、自分で何故嫌いなのかを考えてみる事にした。でまず思ったのは、つじつまが合わないように見える。そして、不自由である。だから嫌いなんだという事だった。

ガーン
夕顔
危機
一髪
誰じゃ!!
葉っぱ
食べとんは！

例えば、わたしは女なので女の人生に注目してみよう。

「昔の女」は、子供の頃から勉強もさせて貰えず家の手伝いばかり。知らない相手と結婚し、実家にも滅多に帰れず、婚家で奴隷のように使われ、子供を作り、年を取れば姑として嫁を教育し……、という印象がある。両親や祖父母から伝え聞く誰かは、大抵そんな人生を歩んでいた。

ところが、戦争ものに出てくるヒロイン達は、女学生さんのうちに凛々しい兵隊さんと一世一代の恋をしたり、愛する夫や子供を亡くして泣いたりするのだ。

「昔の女」は戦争が始まった途端、どうやってそんな才色兼備な愛し愛される「薄幸のヒロイン」に変身するのだろう？

他にもある。戦争は負けると気付いていたと多くの人が言う。だから終わった時は「ほっとした」と言う。なのに終戦の日、記録映像では何故みんな泣いているのだろう？

そして。見聞きした戦争ものは大抵こんな結論に導かれる。「戦争で死んだ人達はこんなにかわいそうでした。戦争は愛している人やものを奪います。世界の人はみんな等しく素晴らしいのだから、だれ一人戦争なんかで死なせてはいけないね」。それに対しわたし達は「不謹慎」という言葉に縛られて質問もせず、空気を読んで「わたしたちは恵まれています。こんなことは二度とあってはならないと思いました」と決まった答えを不自由になぞらされる事になる。しかし、残念ながら、この結論の魅力をそっくりそのまま下の世代に伝え続けるほどには、わたしはこれを理解出来ていない気がする。

そもそも、死んだ事もないのに、死んだからかわいそう、いっぱい死んだからこっちの方が悲惨、などと決め付けていいんだろうか？ 生きるのが死ぬよりいやになって自殺する人がいる事をわたし達は知っている。わたしだって誰だって、いつかは必ず死ぬという事も知っている。

また、知りもしない人を「みんな等しく素晴らしい」なんて心の底から思えるものだろうか？ ただでさえ目の前の誰かを、好いたり嫌ったり、友達や恋人に選んだり選ばれたりしながら生きているのに。いや、そう思う事は出来るかも知れない。けれど、そんな世界に暮らしたいだろうか？

わたしは何かしら経験を重ね、例えばこの十年間でいろんな人と関わり、いろいろ出来るようになった筈だ。なのに、努力しようが遊んでようが始終怒鳴りちらしていようが、貴方の値打ちは等しく、十年全く変わらないままですよ、なんて、いくら素晴らしいなんて持ち上げられたって、つまらなすぎてぞっとする。貴方はどうだろうか？

それでも、先人の導き出した結論には真理が隠されている筈なのだ。かれらが作った国は、実際平和に幸せにやって来ているのだから。ならば、この不自由さから離れて、かれらの人生に沿い、語られない何かを探る事で、我々に理解出来なかった部分を補えるかも知れない。

戦争を描く方法

舞台は、広島市と長崎市以外ならどこでもいいと思っていた。そして、好きな街なら少しは描き易いかと思い、呉《くれ》市を選んだ。戦艦「大和」の故郷という点も、読者が想像し易くて効果的だと思った。

原爆では描けない戦時、つまりだらだら続く戦災を描こうと思ったので、最初から二年くらいの連載にするつもりだった。まず昭和一九年から二〇年の綿密な年表を作って、描くべき事件や、それまでに膨らませておかねばならない設定や題材を決めていった。そして登場人物が「死ぬかどうか」ではなく「どう生きているか」に重点を置いた。戦時のかれらの「生」に沿うだけの漫画である。題は『この世界の片隅に』と決めた。原爆を描いて以来、わたしはたまにお涙頂戴作家と勘違いされている。残虐におかわいそうに死ぬ美男美女が見たいだけのお方は、最後まで読んでさぞやがっかりすることだろうな、と思った。

人生と涙と笑い

戦争ものに感じていた違和感は、描くうちいずれも少しずつ解明された気がする。

まず「昔の女」と「戦争もののヒロイン」のへだたりについて。

これは決してどちらかが嘘をついているのではない。むしろ実体験を基にした作品が多いために起こる現象であるようだ。

ナマで見る戦争を体験した方々と、体験記や戦争文学に登場する人物に開きが生じるのは、記録を残すのが都市部の高学歴の方にほぼ限られているためだと思われる。当時の若者は半数が高等小学校卒業で、中学校や女学校に進学するのは残りのうちの半分、つまり二、三割くらい。特に、昔の家事は大変な労働なので、殆どの女は書き残す能力や習慣を持たない。

空襲の様子となるとさらに、都市部で防空壕に入らず目撃した、という条件が加わるため、記述される機会は非常に少なくなる。当然自身の生死に関心が向いているため、なおさら非現実的な記述になる。

よかった〜……
本葉は ちゃんと
出てきたよ。
と、いうわけで 無事続く…。

つぎに玉音放送での涙について。
終戦で泣くのは、家族や家のみならず、夢を失った悲しみだと思った。夢とはこの時点ではすでに「勝つ事」ではない。「正義を抱いたまま死ぬ事」だ。

戦争ものを読んでいると時々、夢(=目標)のある幸せを感じる時がある。今の若い人はみんなで見る夢がなくてかわいそうね、という言葉にぶつかって当惑する事もある。現代人は、学校も恋人も仕事もすべて自由。自分で決めなくてはならない。決めるという作業は意外に難しい。そしてわたし自身、漫画に出会った事も夫に出会った事も、どちらも非常な偶然だったと気付く。誰もがひとりでに必然的に夢に出会えるなんて思えない。

最後に、不思議な笑いに出会った。

この笑いの種類は今でも判らない。

正義や愛なんて頼りない軽々しいものだった。それに頼って生きる我々の「生」だって儚いものだった。この世界は、判らないものに満ちている。それだけで何故かつい笑ってしまう。

すべての命は等しく素晴らしい、とは限らない。ただ、「ただ生きている」事を素晴らしいと感じる「自由」は「生きている」限り誰にも等しく許されている、という事かも知れない。なんて今わたしは解釈したりしている。これについて「一生」つまり一つの人生だけでは知り得ないなんて思っている。平和の難しさに、途方に暮れている。一生にどんな局面が待ち受けているのかすら知らないくせに。そしてそれでもいつか、あの頃は馬鹿だったなー、と思い返す夢(=目標)に気付いて、また笑ってしまう。

ヒロシマの周辺

原爆について新しい気付きがあったのは予想外だった。呉の戦災には広島の原爆が心理的に重要に関わっていた。原爆でもいかなる兵器でも、戦争は終わらない。人が生き、都市が出来て、周りと関わってゆく限り、それの消滅を許さない誰かは必ず周りに存在し続けるという事を、呉の多くの体験手記は物語っていた。そして、兵器ではなく、占領軍との交流によって、人々の心は平和に向かう。これはヒロシマから離れなくては気付けなかった事だ。

新しい課題

戦争を生き延びた人々は、亡くした誰かの栄誉のためにその人の記憶を語った。では、語っているかれらの栄誉を語るのはいったい誰だろう。

絶対忘れてはならない事がある。わたし達は、戦後に生まれたからといって戦争を知らない世代では決してないという事だ。今という時代を生きている我々は、この国の戦争を経験した人に触れられる、ほぼ最後の世代の人間と「なろうとしている」(これは「なってしまう」ではなく、「なる努力をし続けている」という意味だ。この国がもう永遠に戦争を起こさないなんて決まっている事でも何でもない)。戦争を伝えるという事が果たしてわたしに出来たかどうかはわからない。ただ、戦争を経験した人達が戦後もずっと、亡くした誰かを思って泣いてばかり、国に対して怒ってばかりの人生を送ったわけではないという事、苦難を乗り越えて、誰かや何かの記憶を語ったり秘めたりしながらわたし達に接してくれた、という現実こそが、わたし達にしか伝えられる事の出来ない戦争の一面だとも思うのだ。

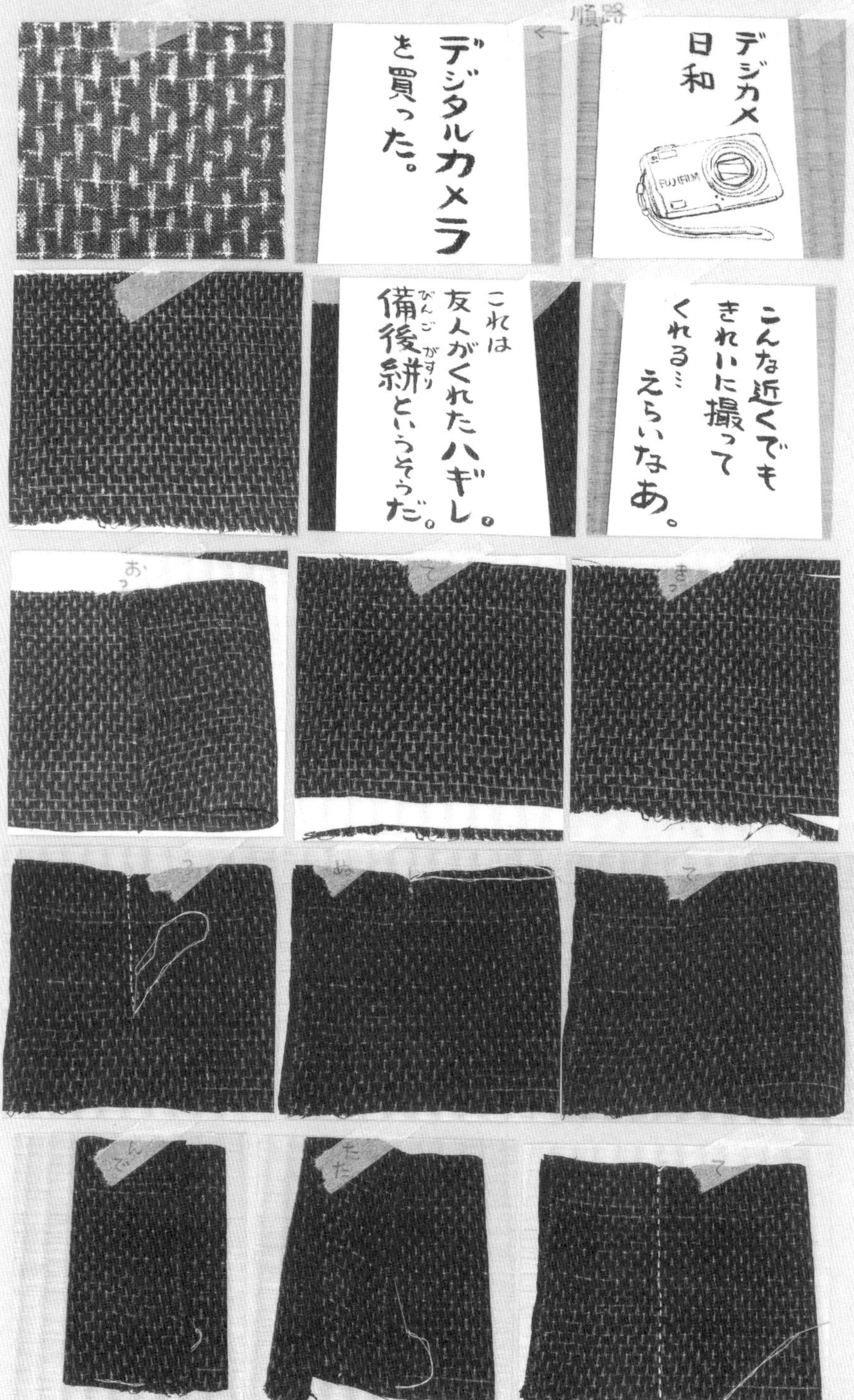

←順路
デジカメ日和
FUJIFILM
デジタルカメラを買った。
こんな近くでもきれいに撮ってくれる…えらいなあ。
これは友人がくれたハギレ。備後《びんご》絣《がすり》というそうだ。

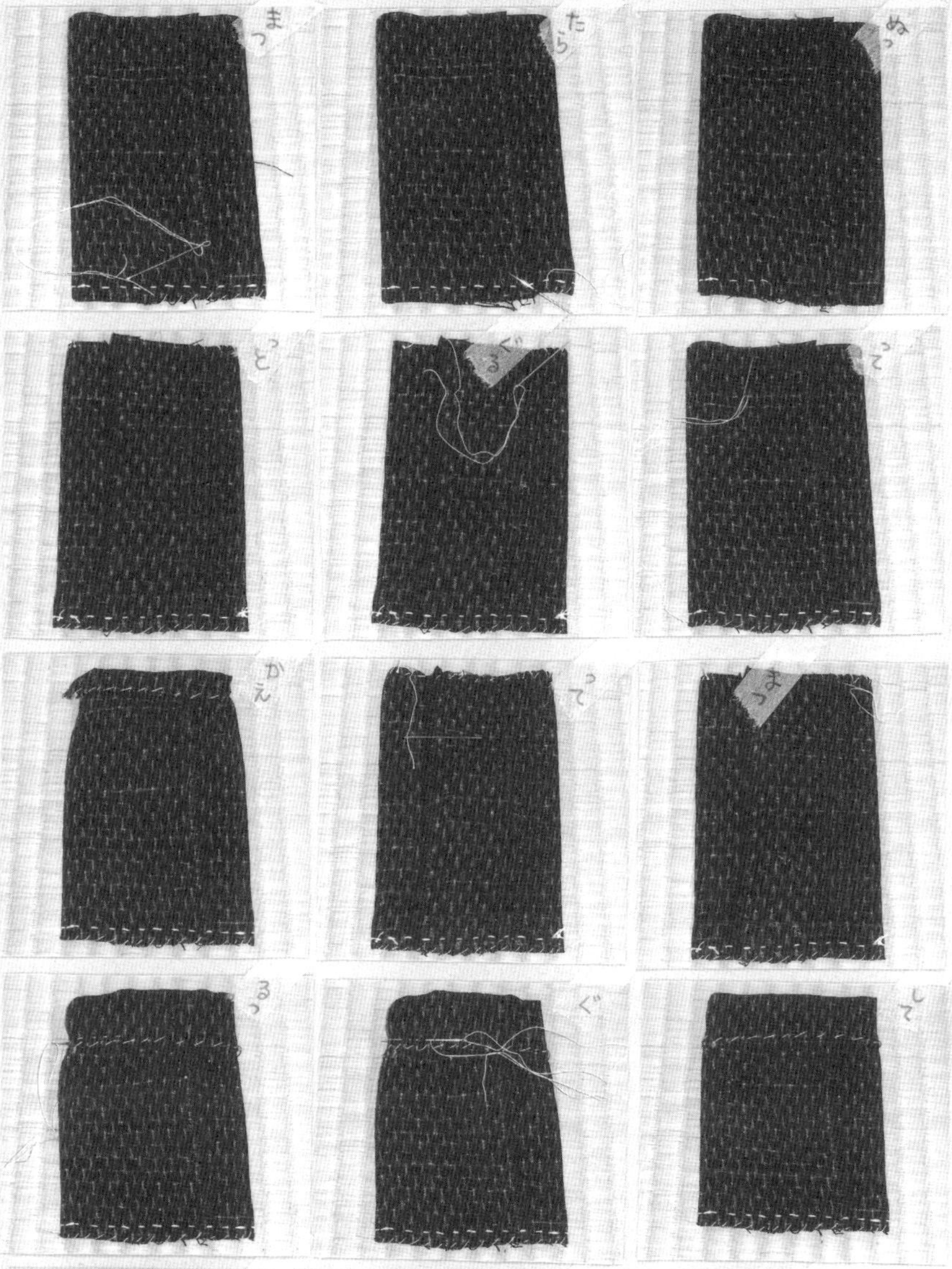

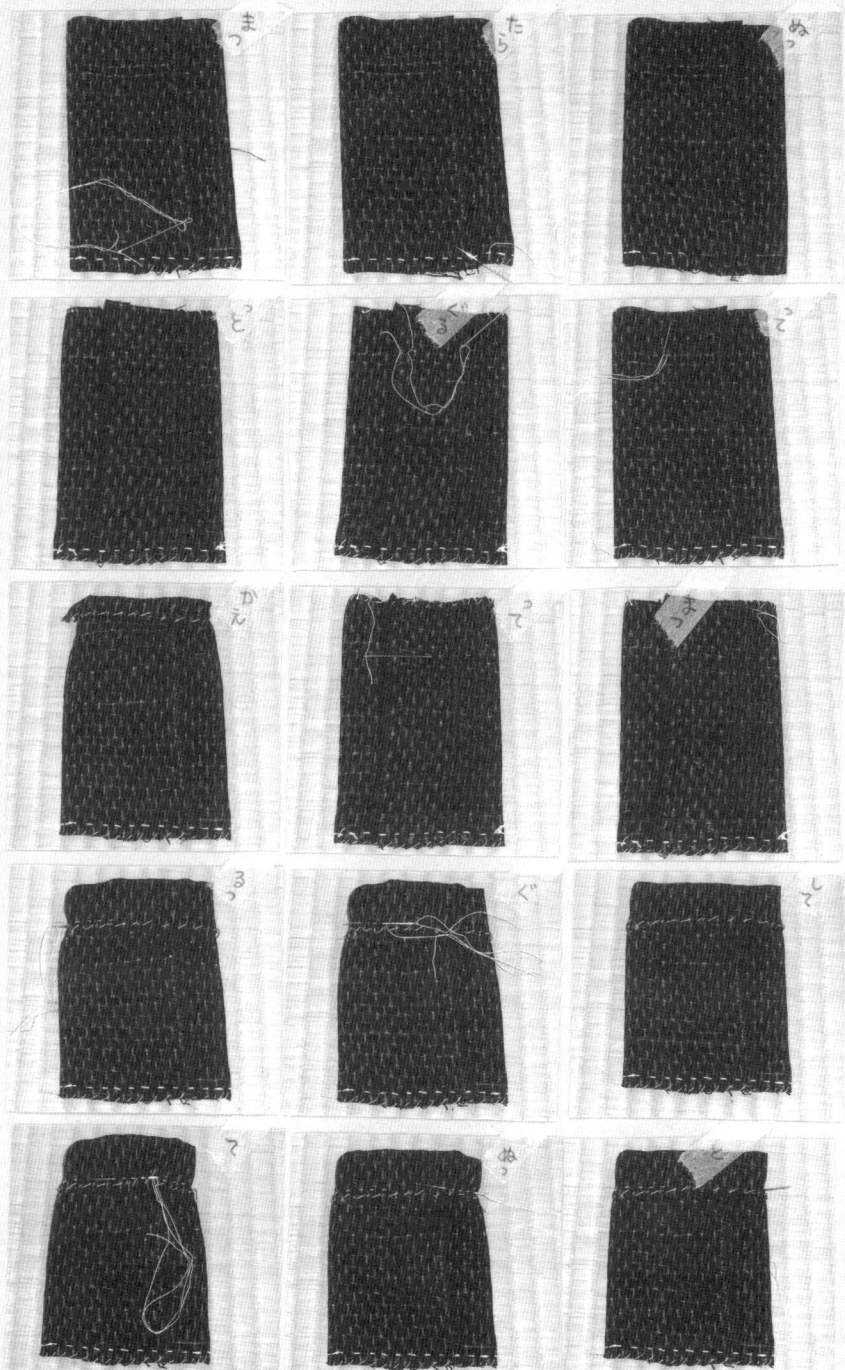

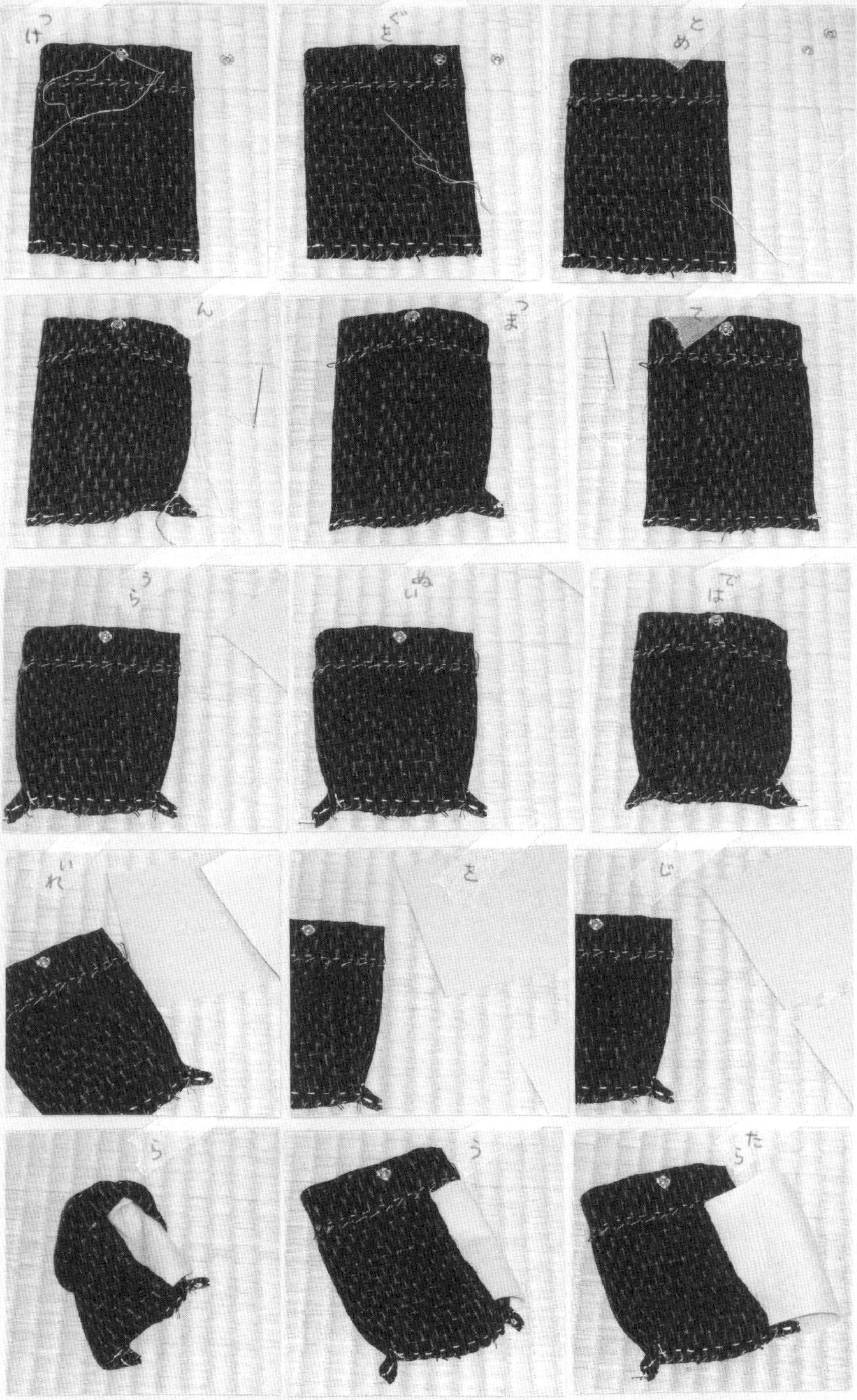
けつ
とぐ
とめ
ん
まつ
て
うら
ぬい
では
いれ
と
じ
ら
う
たら

し。
袋ができた。
え？ 何を入れる
のかって？
え
が
おまえだよ！
フェルト
備後絣
出演
スナップ
ハサミ
針
糸
まったね。
デジカメ
日和
終
デジカメ

すくすく姫

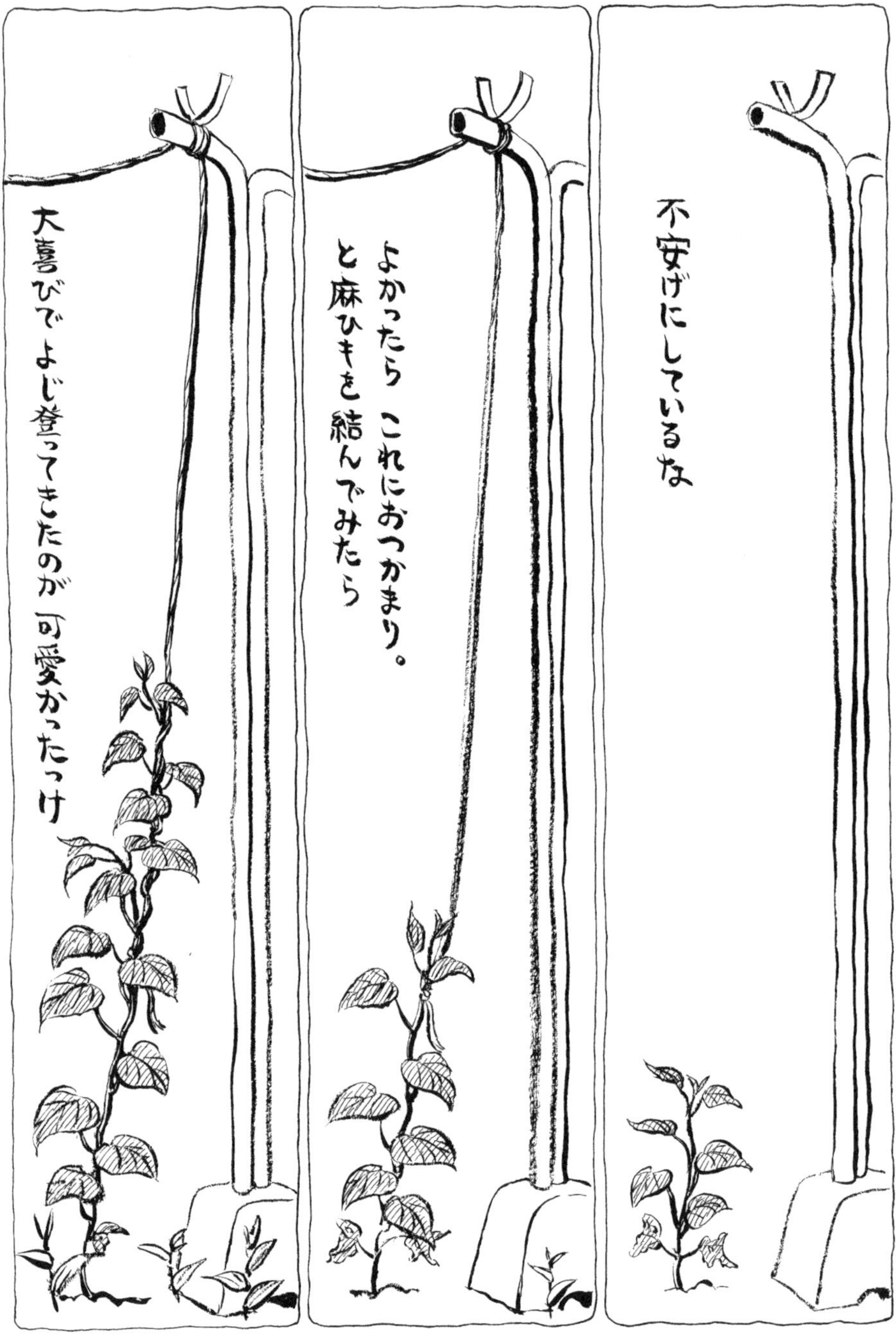
不安げにしているな
よかったら　これにおつかまり。
と麻ひもを結んでみたら
大喜びでよじ登ってきたのが　可愛かったっけ

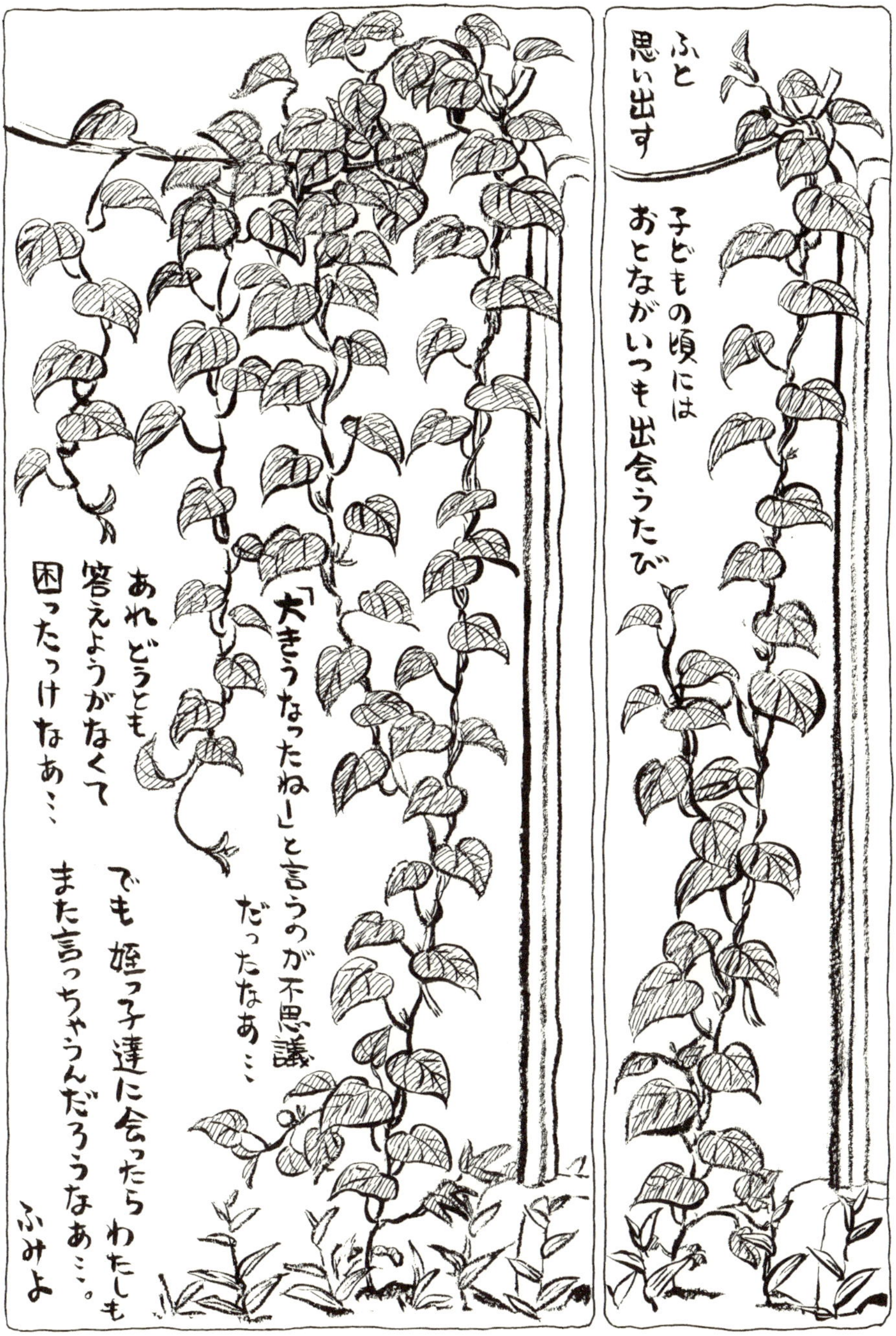
ふと
思い出す
子どもの頃には
おとながいつも出会うたび
「大きうなったねー」と言うのが不思議
だったなあ……
あれどうとも
答えようがなくて
困ったっけなあ……
でも姫っ子達に会ったら わたしも
また言っちゃうんだろうなあ……。
ふみよ

花かぜの夜
みなさん！どんな夏を過ごされましたか？
それがわたしゃ夏だってのに風邪ひいて寝とったんですわ
寝て外ばっかり見とったよ
で見つけたのがこれ
さて何でしょう
ちなみに横向きはこんなふう
大きさも形も朝顔そっくりだ
朝！
咲かんのかい！
答え 夕顔のつぼみの正面向きでした！
そして夜……
昼
というかでか!!

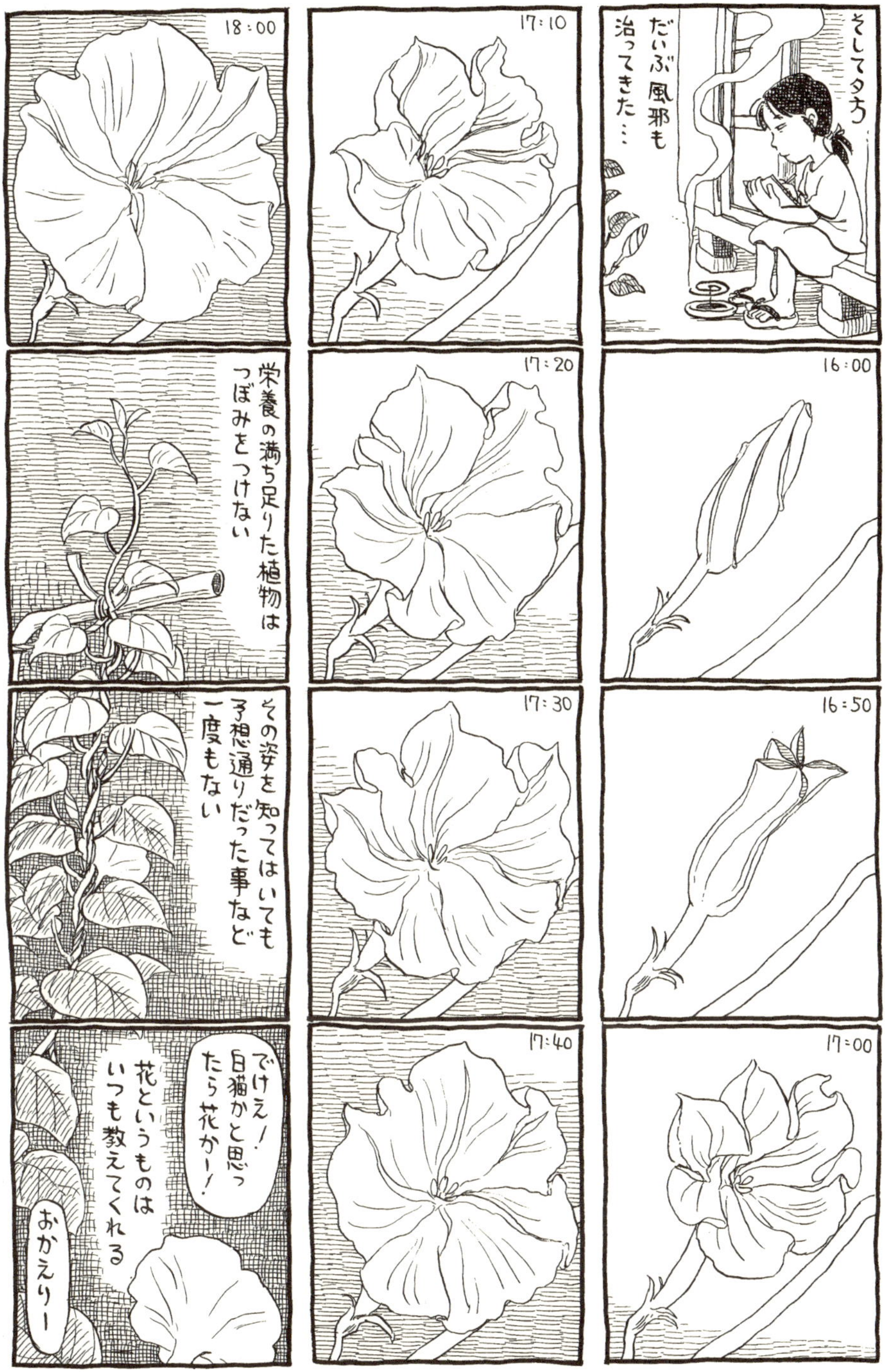
そして夕方
だいぶ風邪も治ってきた…
16:00
16:50
17:00
17:10
17:20
17:30
17:40
18:00
栄養の満ち足りた植物はつぼみをつけない
その姿を知ってはいても予想通りだった事など一度もない
でけえ！白猫かと思ったら花か－！
花というものはいつも教えてくれる
おかえりー

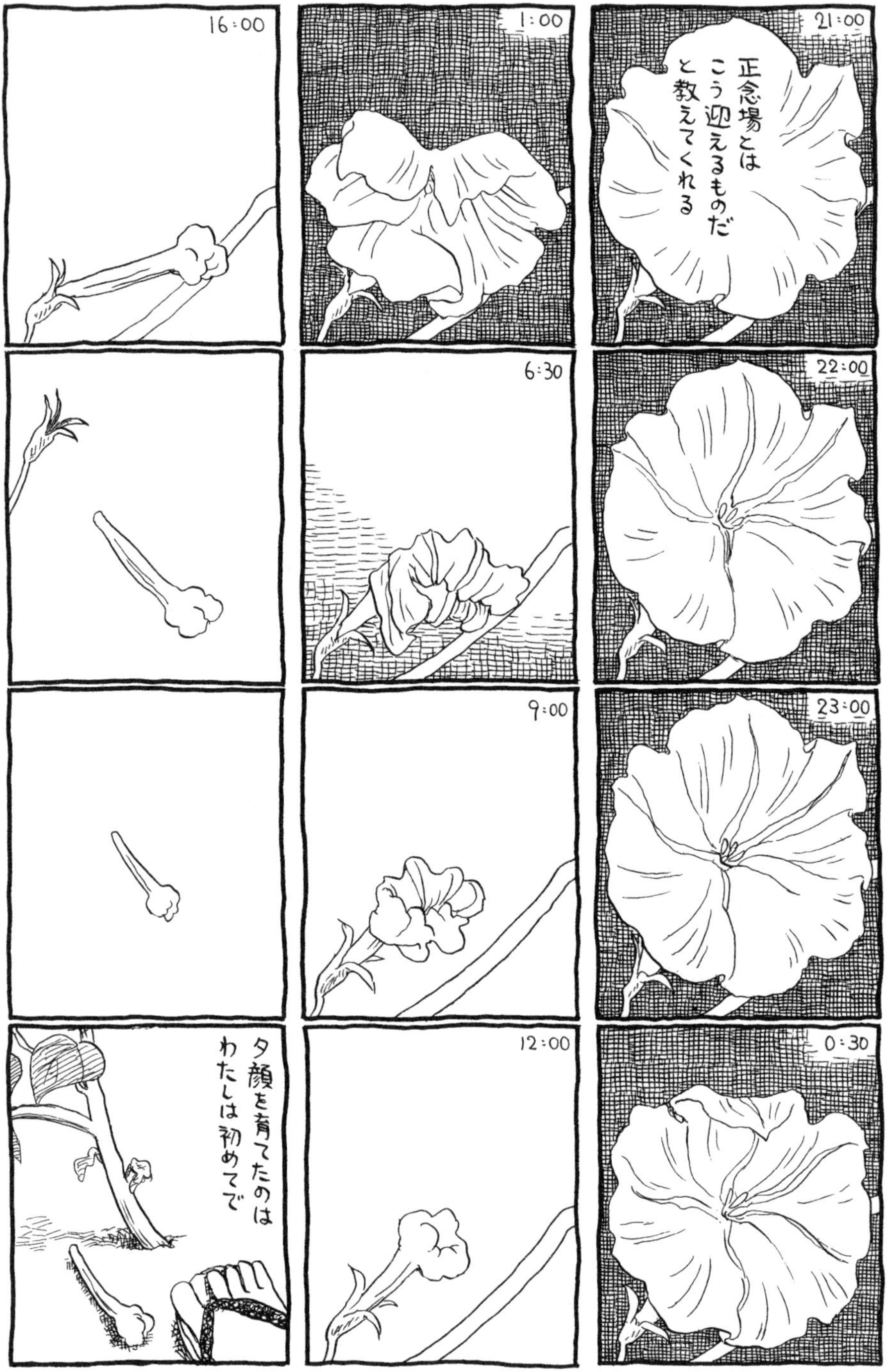
21:00
正念場とは
こう迎えるものだ
と教えてくれる
22:00
23:00
0:30
1:00
6:30
9:00
12:00
16:00
夕顔を育てたのは
わたしは初めてで

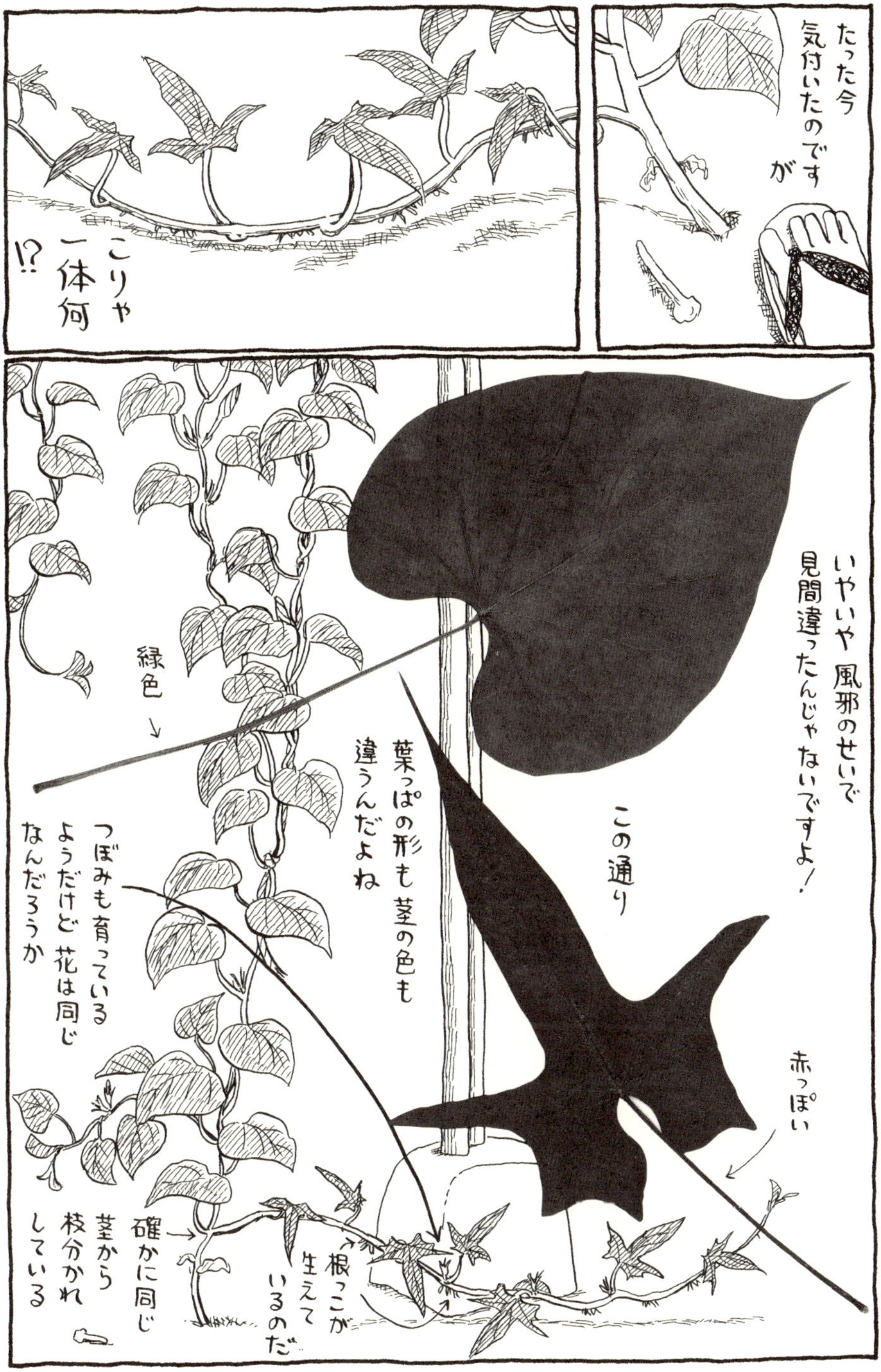

たった今
気付いたのです
が
こりゃ
一体何
!?
いやいや 風邪のせいで
見間違ったんじゃないですよ!
この通り
赤っぽい
葉っぱの形も 茎の色も
違うんだよね
緑色
つぼみも育っている
ようだけど 花は同じ
なんだろうか
根っこが
生えて
いるのだ
確かに同じ
茎から
枝分かれ
している

遠い目

こんにちは！涼しくなって参りましたがインフルエンザには気をつけて下さいね。

さて先月、父が入院して手術を受ける事になりました。そこで、お見舞いに夫を連れて故郷の広島に帰って参りました。父は元来、のっぽではげで陽気で仕切り屋という、とにかく存在感の濃い人間です。母はそんな父の事をいっも、人一倍の小心を隠しているせいだと申します。幸いそれほど危険な手術でもないということで、私どもは、父が入院をむしろたのしみにしているようにすら見うけました。でもそれも母の指摘を踏まえると、小心の裏返しとしか見えなくなってくるからまたふしぎです。

病室の父は、てんてきをうでにつなげて、新しい寝間着を着て、大好きなカメラや零戦の本をごっそり持ちこんでおりました。腕に繋いだ点滴を「マゴですわい」と紹介しながら連れあるいていると語りました。しかし声に力がありません。検査で胃カメラを飲んだばかりで、麻酔が残っているという事です。看護師さんに短く挨拶して、ねそべっておとなしく本を取り出したりひろげたりする仕草に、私の知らない遠い日の、山あいにつましく暮らす少年の頃の父を垣間見た気がしました。

ところで、病院に誰かを見舞うと、いつも思い出す事があります。幼稚園に入る前だから、三歳くらいの頃でしょうか。姉(妹かも)と私は、母に連れられて、踏み切りをわたって不二屋というスーパーマーケットにいきました。その後病院へおみまいにいきました。びょう室には私と同じ年頃の子どもが居りました。知らないこどもでした。あねのほ育園の友だちかなんかだろうと思いました。一緒に「さるかに合戦」の絵本を読んだり、かってもらったお菓子を開けたりしました。母は其の子供の親と思しき大人とはなしていましたよ。お菓子の中に国鉄の電車のシールのついたガムがありました。姉(妹かも)のが橙と緑の電車だったのを、其の子が珍しがって自分の青い電車の図柄のものと換えてくれて、私も自分のをみたら橙と緑だったのでがっかりしたけど、確かに珍しくはないけれども、うちには一個だけなんだから別にいいでしょうが、とははにたしなめられました。図柄自体が気に入らなかったのではなく、橙と緑の電車が月並みだからつまらなかったのであって、なにもおまけまで月並みのものを多くしないでいいんじゃ無いかという思いはやっぱり今も有りますが、たまたまこのとき其れを引くかくりつがたかかっただけかも知れません。病室は静かで明るくて、窓から日がうららかにさし込んでいました。子供のくせにおとなしく病院のベッドに寝て、つきなみな橙と緑の電車のシールを欲しがったりするその子どもを、随分立派な子だな、と私は思いました。この時持っていた「さるかに合戦」の絵本の裏表紙には、その電車のシールが貼ってあります。セロファンしの上から擦って絵だけ転写するかたちの？　今はあまり見ないシールで、こうやって貼るんよ、とその子の前で実演したようなそうでないようなこ。ともかくその後、曾祖母や祖母やだれかの入院の御見舞いや付き添いの度に、懐かしく、その子どもは今どうしているだろうなんておもい出すのです。しかし。母や姉と、この記憶について語り合おうとしても、いつもどちらも何とも答えてくれません。こう書くと如何にも、其れは不治の病の可哀想な子どもだったのでした、なんて悲劇的な展開を考えてしまいがちですが、仮にそうだとして其の子が母や姉にとってその死を一さい口にできなく成る程の深い関係であったなら、ずっと母や姉に付き纏っていた私もそれまでに少し位は面識が有った筈じゃないだろうか。というわけで、おそらくはまだいえからほとんど出た事の無かった小さなわたしのせかいに比べて、母や姉のせかいではそれほどたいした事件ではなかったという事なのだろうな、と思うのですが。ただ、私の家族は妙に健康で歯医者以外の病院のお世話になる事など滅多に無く、現在に至っても病室に入るのは私にとってはじゅう分に珍しい体験の一つである事は確かなんですよね。今回、病院を出たり入ったりしながらやっぱりその子どもの事を考えていて、ふときづきました。弟が生まれる時、私は三歳でした。其のとき、ははが幾日か入院し、そぼが代わりに来て呉れていたのを覚えています。弟が誕生した日には、祖母が団子汁を作って一緒に鍋ごと病室に持って行ったのも覚えています（広島周辺だけかも知れませんが、産後の母親に米粉の団子の入った味噌汁を食べさせる風習があります）。弟の出産のためににゅういんしていた母のお見舞いだったのでしょうか。いやしかし、母のびょうしつはあおみがかった壁際で、雰囲気が随分違う気がしたのです。ああでも、それもただ天候の違いのせいかもよと言われればそうかも知れないとしか言い様が有りません。連れて行って呉れたのは母ではなく祖母で、そこで知らない子どもに会ったなんてのもおもいこみで、最初から姉と妹と三人だったのかも。知らない場所に居るというだけで、いもうと（か姉）を知らない子の様に思ってしまったのだろうか。そんな馬鹿なと申したいところですが、私は子供の頃は特べっぼやっとして居りましたので、それも充分考えられるのでした。記憶というものは自分で思うよりずっと当てにならないのですよねえ。病院には、当時の私と同じ年頃の姪っ子達が妹に連れられて来ていました。上の子はとおくにみえるふんすいをびょういんのあちこちのまどから覗いては「ふんすいだけついて来る、どうして!?」とふしぎがって居りました。私も、夜空に浮かぶ月について同じ

ようにきいたものでした。 「とおくに
あるけえじゃ」とちちにせつ めいされ
てもりかいできず、「ありゃあ のんの
んさまじゃ。いつでもああし て、
のんのんさま がみてござる、 いうてね
……」とははとそぼからは、なんど きいて
もまったくおなじちょうしのこた えがか
えってくるのが、まるでじゅもんのようで
なんとなくきみがわるくなって、だんだん
きかなくなったのをおもいだすのでした。
みて「ござる」。そんないいまわしがその
ままだれかの 口をかりて、いまとどく。
そぼもしらな いむかしむかしをかくしも
ったことば は まるで、月 から
たらされた 糸の ようで、 気に
とめたがさ いご たち ま
ちどこか へ
ひっぱ
られてゆ
きそう
でした。
それ
でも

ふんすいはのんのん様でもこっちを見て
ござ るわけでも無いので、「遠くにあ
る けえね」と判って貰えない事を承知
で こたえるのでした。姪っ子達が騒ぎ
は じめると、妹は五円玉くらいのあな
のあ いたクッキーを袋からだしては、
すば やく口に詰めていました。姪っ子
たち がいつか「小さい頃誰かのお見舞
いに いって、五円玉みたいなクッキー
たべたよね」と言う時、妹は忘れっぽい
たちだから「あの賑やかなお祖 父ちゃ
んがおとなしう寝とっちゃった 時ね」
とはこたえないかも知れない。 でも知
らないままの方が面白いかも知 れない
なあ。 あ、父の手術は無事終 わり、
じゅん ちょうに回復していま すよ。
さてと、話は変わって、夫と私は同居
して十ねんを迎えたのです。子供を授
かるでもなく、家を買うでもなく、宝
せきにも車にも興味無く、あっと い
うま に十年が経ちました。 そこ で、
せめ て 記念にと、海辺の けしきの
いい ホテルに泊まるこ とに
しました。そして あさ、
周辺を散歩してみました。

広島の夜明けは遅い。六時近くに、よう
やく日の出です。道には船虫が朝日につや
つや光っていて、こちらが歩くにつれ、波
が引くように逃げて、道の端の石垣を降り
てゆきます。で、しばらく歩いて振り返る
と、また元通り船虫の背中が並んでいるの
です。そこで、立ち止まって見ていたら、
ふな虫は慌てて降りていった石垣から触角
をくるくるまわしながらそーっと覗 いて、
みちに上がって、こっちがまだ居るの にき
づいたのか、あがったところで立ち止まっ
ていました。にげるんなら最初から道にい
なければいいきもするのですが、あ あい
ううん動しんけいのよいいき物でも、やっ
ぱりたいらなところがラクでいいのだろう
か。いしがきのしたは、せまいすなはまと、
せとないかい。すなはまには 鳩が 歩い
ています。みぎがわは小さな 崖。木の根
っこやへんせい岩が覗いています。崖の下
のあちこちに、のらねこが三匹 ずっかた
まって、じゅ う民から 貰 ったキャッ
トフードかなんかをたべて居 ました。私
どもがちかづきますと頭を上 げてこっち
にかおをみせてくれま す。この辺の猫は
みな、やけに目 と目 の間隔が狭くて

あごがとがっています。しおかぜのせいか、毛がぼさぼさです。むれごとにさらにかおだちや毛いろにちがうけいこうがあって、それぞれかぞくなのだな、とわかります。そういえばあねがねこをからかもしれないといっていたっけ。どうしたろう。がけの上には木がくろぐろとしげっています。その木々のあいだから、小さなしろい灯台がのぞいておりました。そこできづきました。ここには、たしか、えんそくできたことがある。小がく一ねんか二ねんの、

秋も深まった、肌さむいくもりの日でした。そのとき教わった地名とは違う場所でしたので、帰りによったのか、或いは天気がわるくてこちらに変更になったのかもしれません。灯台が、白いふくをきたいきものの様で、何だかこわかったりしたのでした。そして、夏でない間にも、砂浜というものはちゃんと存在するのだなあ、となんとなく納得したものでした。そして今回、朝もちゃんとすなはまはあるのだなと納得しました。ホテルの部屋の窓からも、めずらしいものがみえました。楠の木のえだの間におおきなちゃいろい鳥がとまっていました。たぶんとんびでしょう。こちらにせなかをむけ、私どもを気にするけはいもありません。もぞもぞ羽づくろいしているのがしだいに遅くなり、やがてうなだれたままうごかなくなりました。寝てしもうたよ。朝なのに。夫はまだねてる、まだねてる、と飽かず眺めてはわらって

おりました。そしておとなしく眺めているなぁと思ったら、鳥の方を向いたまま寝ていましたよ。朝なのに。今日は思い浮かんだ事をとりとめも無く書き連ねて御免なさい。なにとぞ遠目に、…違った、大目にみてお呉れ。では御機嫌よう…。いかん、うちの夕顔の君の御報告を忘れるところでした。九月に入ってからは毎晩、十輪近く咲くようになりましたよ。もう、お祭りのぼんぼりのようです。夜しか咲かないのは、蝶や鳥に見て貰えなくて勿体無いなあ、と思うのですが、つぼみもソフトクリームのようで楽しいから、まあいいか。そして、葉っぱの形の違う方も、花のかたちや色は全く同じでした。地べたで咲いているのでハンカチでも落ちているかのようです。花だけでなく、つるの方もまだ伸び続けております。もう十メートル近くあるのではないだろうか。ピーナツほどもなかった種が、たったの三か月半で。不思議だなと驚嘆する反面、こう頑張られるとひょっとしてこいつ無理しているんじゃないか、育ての親として何かすべきなんじゃないか、などと心配もしてしまうのでした。

わかりにくくて すまんです。

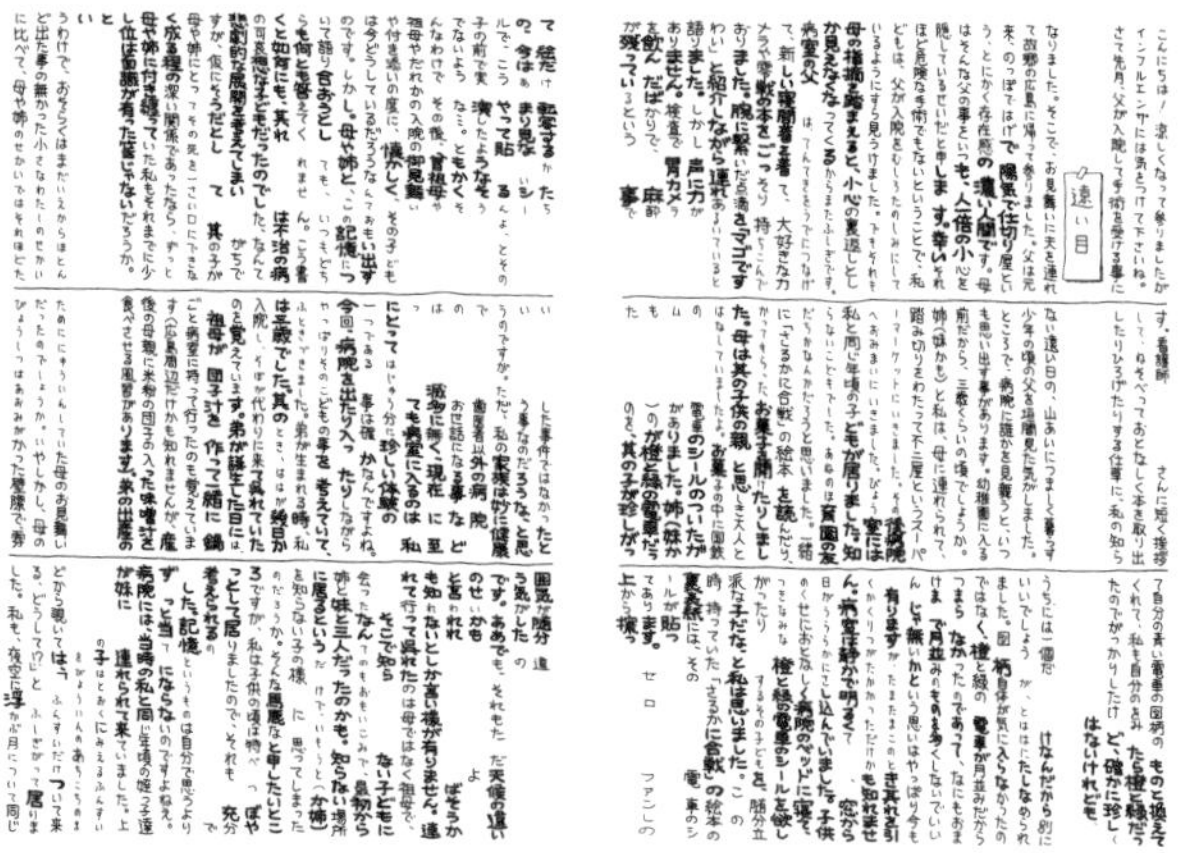

びょういんのろうかのつもり…

遠目だと こんな感じさ…。

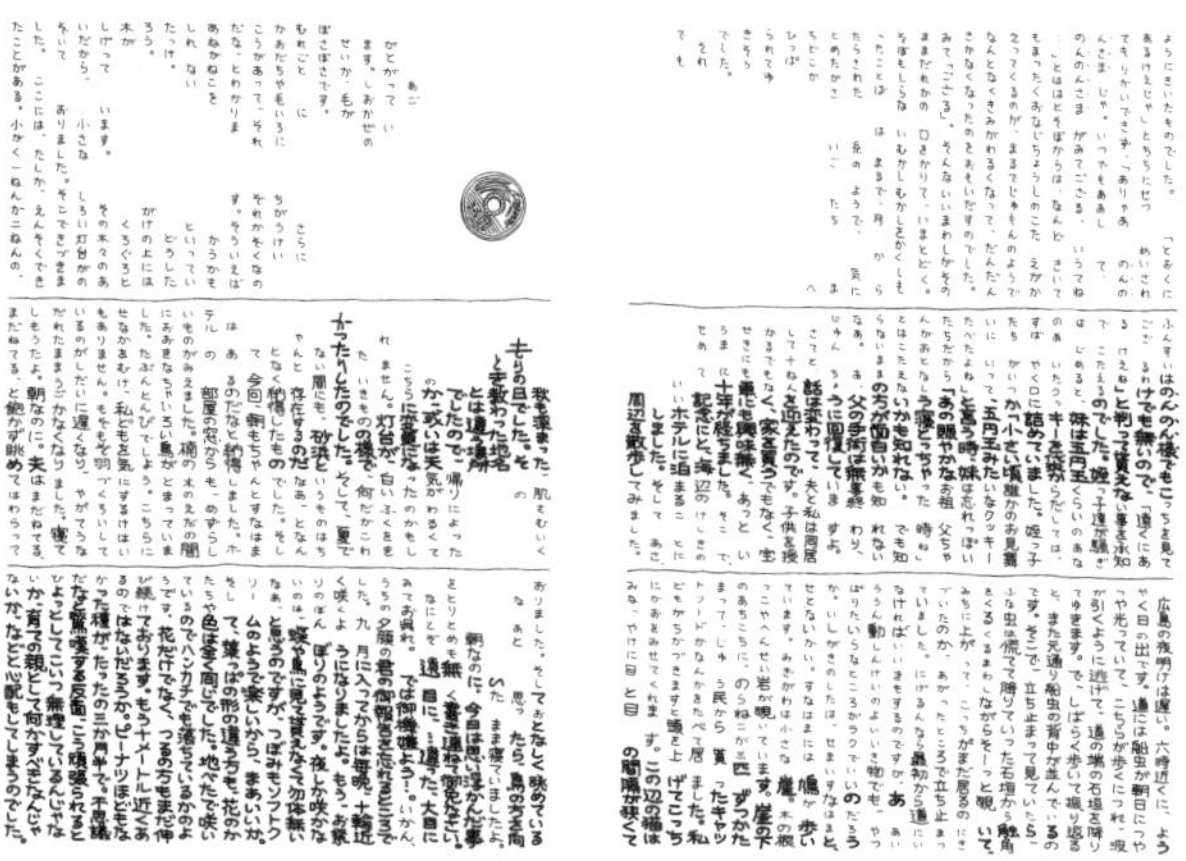

よあけのはまべのつもり…

これにこりずに また遊んで下されや。

じゃ〜ね〜

編集さんと作家の現場 ~1~

9月24日15:30 平凡社菅原氏（20代後半男・野草に喩えるとハコベかな）と沼袋クラウンにて会う。貴方の今ご覧になっている『平凡倶楽部』はこんなやりとりから生まれるのだ。

こうの（以下㋙）：こんにちは！

菅原（以下㋜）：どうも、こんにちは。

㋙：早速ですが、今回の原稿です。

㋜：ありがとうございます。おおっ！

㋙：今回お渡しするのは六回目「遠い目」の原稿です。そのままでは分かりにくかったので縮小コピーを貼りつけた頁を一枚足しました。

パソコン上の連載なので、頁数のゆう通が利くのが有難いですね。

㋜：最初の二枚が病院の絵で、次が浜辺の風景になってるんですね。すごいっ。力作です。

㋙：いやー…。今回は久々に寝食を忘れて打ち込んでしまいました。本当に楽しかったですよ！

でもやっぱり一、二枚目が特に分かりにくい気がしますね…。どっかに説明を入れた方がいいですかね？

㋜：そうですね…、入れた方が親切かもしれませんね。最後の頁に書き足しましょうか？

㋙：（原稿に鉛筆で字を書き足す）こんな感じでしょうか？

㋜：「浜辺」のところは「朝の浜辺」とかの方が感じがでますかね…。

㋙：そうですね！さらに平仮名で自信のなさを表現してみます。

㋜：今回は文章がメインの原稿でしたが、長い文章を書くのは苦労しませんでしたか？

㋙：苦労というより楽しい気持ちの方が強いですね。漫画はもう仕事という感じで辛い事の方が多いんですが…文章ももっと書く機会が増えれば悩みが出てくるのかも知れません。

㋜：確かに今は自然体で書いている気がします。

㋙：あ、でも、元々この連載って文章が主体になる筈だったんですよね。なのに結局絵が入っている話が半分以上になっている…結局文章はラクに出来る時しかやってなくて困った時は漫画に逃げちゃうという事かも知れんなあ。

㋜：漫画はこうのさんの武器なので、それでもいいんじゃないかと思いますけどねえ。この連載は、僕が、こうのさんの単行本の「あとがき」の文章がすごく好きで、是非頼みたいなあと思ったんです。その後、こうのさんの方からも、漫画だけじゃない表現もしたいという話があって…。

㋙：そうなんです。なんか、一人で週刊誌みたいなものを作ってみたら面白いんじゃないかと…というか、色々やってみたら自分が何に向いているか分かるんじゃないかと思いまして。しかしそれを仕事としてこういう場でやるのもいかがなものかという気はしますがね…。

㋜：あははは。でも、読者も楽しんでくれてると思いますよ。毎回、見せ方が変わるので、次が待ち遠しくなりますし。5回目には、なんと押し葉まで登場して！

㋙：ああいうのは、いくら絵や字で説明しても信じて貰えませんからね。そうそう、あの時作った押し葉が二十枚くらいあるんですが、今度読者プレゼントでもやりましょうかね？でもみんないるかな…？

㋜：読者にも、あの葉っぱの証人になってもらって…。それはそうと、次回の『平凡倶楽部』ですが…。

㋙：そうでした!!! えーと、次はですね…実はまだほとんど考えておりませんで…。

㋜：……。

㋙：今回の原稿、当初は四〇〇字詰め原稿用紙でモザイク画みたいなのを作ろうとしてましたよね？で次回この原稿用紙で何か出来ないかなーと思っているところです。

㋜：えーと、それは原稿用紙を縦にして？

㋙：だと小さいんで半分を一頁ぶんにしたりとか…。

これは、この本を成すかみ様。

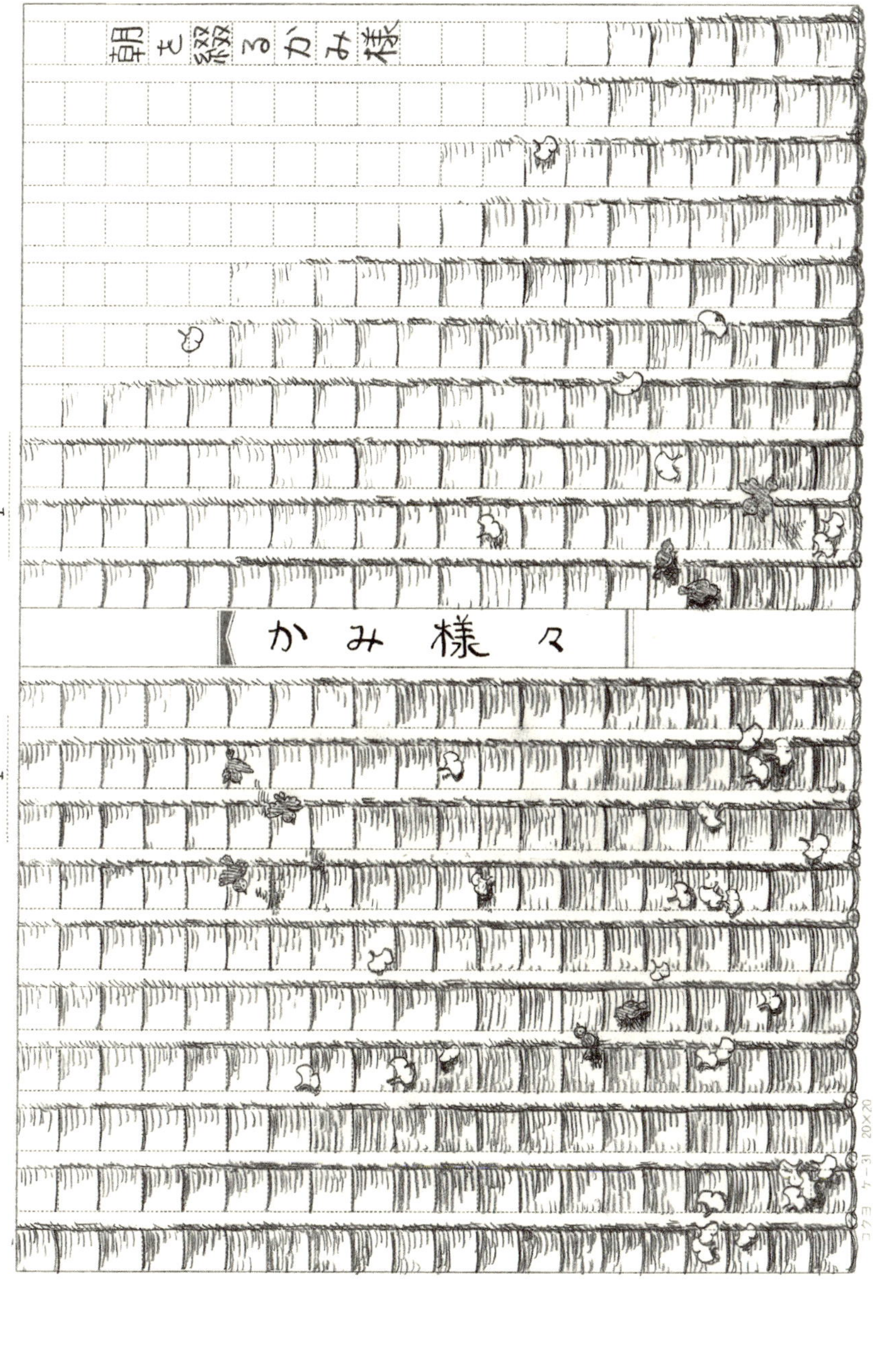
朝を綴るかみ様
かみ様々

昼を歌うかみ様

ページ 2

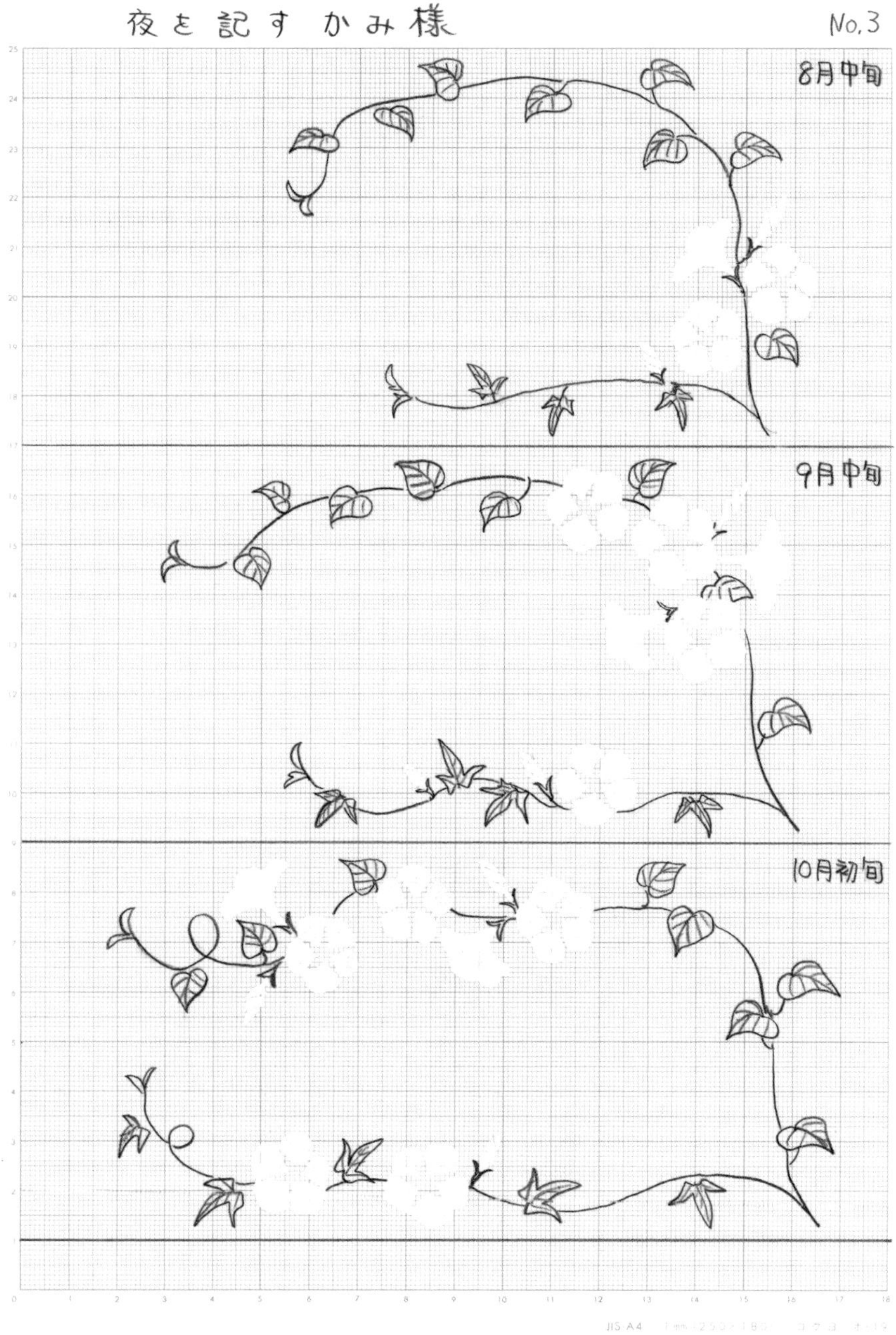
夜を記す かみ様
No.3
8月中旬
9月中旬
10月初旬

一日中悩ませるかみ様
4

雨が降っている
木が葉をひらめかせて目を覚ます
るいるいかむい
降りそそぐ神
こうの史代
水が顔を洗い
火がやかんを温める
ぬか床がなすびをさし出した
今日は一日雨かねえ
よし漫画でも描こうっと
ハハ くっらー!!
茶碗や箸がつられて笑う

ところでうちには何年か前からアイヌの本がよく遊びに来てくれる
先日は図書館にも迎えに行ってみたりしたのだ
アイヌと植物
さてさて何を描こうかね…
………
………
というわけですぐ挫折
わたしはなぜこう根気が足らんのか
いやそれ以前にやはり漫画は向いとらんのじゃないだろうか…

などといじけていると
あちこちで誰かが
たしなめてくれて
ふたたび机に
向かうのだ
木が分けてくれた画用紙
火が撫でた墨
水がそれを結んでゆく

うずうずと あらすじを話し たくなっても ここは辛抱だ
火がみんなに 話してしまう
さて もうちょっと 描こうかね
やめとけー 寝ねーとまた 老けるぞー
こんどはシャレに ならんのか 誰も笑わんな…
降りしきる雨
むりすんなー
うんうん おやすみ
降りそそぐ思い

降りそそぐ神
そろそろ故郷へ帰ろうとする修正液
先月来てくれた六号の筆
かわるがわるのぞき込むアイヌの本
ああいま足音が

足音がする
ところでお気付きかも知れないが
やーできたできた！
わたしは大きな嘘をついている
こんな原稿でも一晩やそこらでは出来ませんがな！
さー寝ようっと

なんたる不覚
私の青空
面白おかしくやってきた筈がどっちを向いても行き止まりではないか
友人らは窓を取り付けるのに忙しいようだ
窓付けました
御出席・御入席
来てね！
そうか窓だ！

だんぜん
窓だ
さっそく
心当たりを
訪ねる事にした
しかしきょうび窓は
三十寸やそこらでは
家庭に納まりたく
ないものらしい
ふうん
そうか
そうか

布
ボタン
個人の一存で運ばないのは物事の常
とはいえ閉《た》てれば開くのが窓の常
ほうら来た
窓から見れば見慣れたすべてが別世界で
昼に覗《のぞ》き夜に覗き

また
覗かれたり

いっそ元通り
壁に戻そうかと
思ったり

そして恋に身を焦がしたり
ああいつか
この窓に飽きる時
わたしは小さな
賑やかな窓をいくつも
欲しくなるのだろうか
そんな日がいつか
くるのだろうか
あた

ところが!

30になった頃、久し振りに夫が訪ねて来た。
そして言ったのだ。
入籍もしなくていい。締切りで御飯の作れない日もあってもいい。

	夫	に
何があったか知らない	けど8年間の付き の 中でこ の人が 我を	張るの を見 は たったの 2度目だった
未練	は断ち切れていたが 意表 をつ かれてしまった	やはり珍しいものには どうしても 弱い
で今	はもういくつワガママが あったか覚え きれない	私も心の機微に少し気付き 易く なったから

→ちなみに1度めは水族館でアシカショーを見たがった23位の時だ

—— アパートが取り壊されるのを機に、一緒に住み始めた。

—— 「夫婦別姓」は、女の社会進出に関わる新しい制度のように扱われ易い。
でも、この私たちは、イエという古い制度に縛られて「別姓」を選んだ。

—— まあ、古いといっても、たかだか千年やそこらのしきたりに過ぎない。
結局私たちは、面白がって縛られてみているに過ぎないのかも知れない。
この紙切れに、多くの夫婦が、すき好んで縛られてみているように。

—— この人生しか知らぬ私は、入籍した夫婦と
私たちがどう違うのか 分からない。

他力本願な展開で、漫画にもならない。

届出人	確認の有無
夫	□有 ☑無
妻	☑有 □無

ただ今は、ほぼ半分は受動でありながら、
愛情も冷酷も ユルクはあり得ないこの家庭
と日常のために、私の人生はあったのではない
かと思う。

◎唯一割り切れないのは漫画くらいだ。
◎お前は結局漫画以外何も要らないのだ
◎というあの言葉以来、かえって漫画を描く時、

不倫の	ような・後 ろめ・たさと・トキメ キが 付きまとってしまっている

私の白日《はくじつ》

午前 午後 0時 0分受領

婚姻届

2007年4月18日届出

を私は書いた事がない↙

内縁とはいえ伴侶を得て良かった事は
朝起きた時寝顔が拝める事だろうか

それに毎日電話で話さずに済むようになった

しかし何ても いう 解な を少し できる になっ が一番

↙多分こんな事を
記入する物なのだろう
違ってたらごめん

ワタクシ事でそう
面白いものでも
ないかもごめん

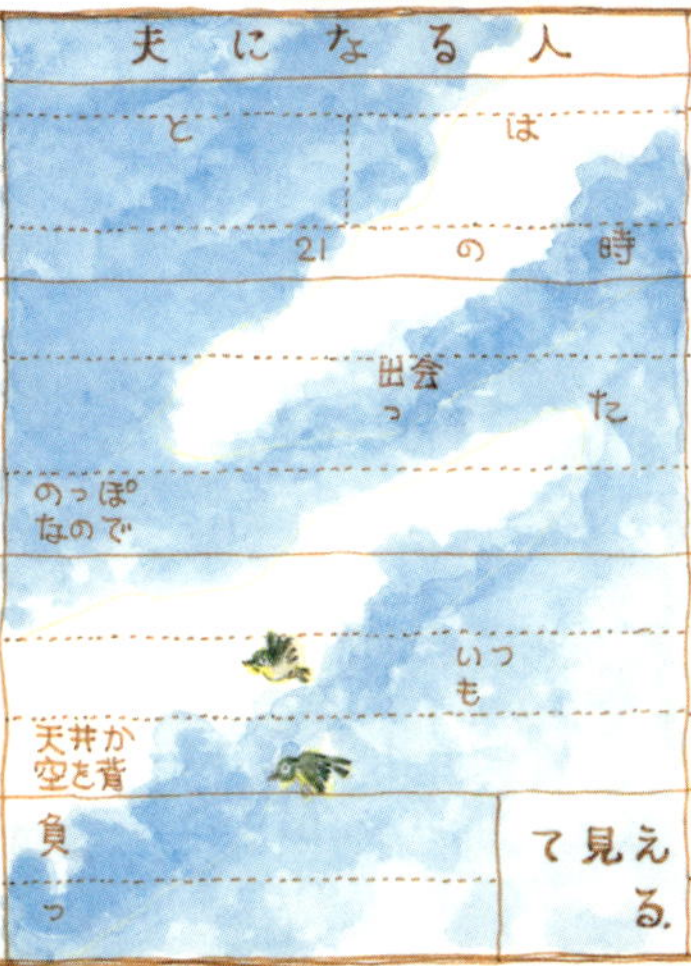

夫になる人
と は
21の時
出会った
のっぽなので
いつも
天井か空を背
負って見える。

妻になる人

(1) 氏名 こうの ふみよ
河野 史代
生年月日 生まれた時には

(2) 漫画(アシスタントで知り合った)
菅原という姓であった。
女女女男の4姉妹弟の2番
目であった。問題児でもない

(3) 互い(にお互いの熱心な読者でもない)
代わり、我ながら冴えない子供
だった。おかげでもの心
付いた頃には跡取りの無い

こんなものを描けるのも(ひとえに夫の無関心いや器のでかさ故です)
母の実家の養女に
迷わず選ばれていた。

(4) いちばんよそへあげてもいい者
団として両親から
選ばれ(る経験は現代ではわりに貴重かも知れない。けれども)
長い人類の歴史の中では、ざらだ。

(5) そして、この人生しか
知らぬ私にとって
(家庭や日常とは、こんなユルイ愛情と冷酷の上にこそ成り立つものであった。)

(6) 夫は長男である
付き合って(はいたが結婚を話し合うに)
至らぬうち(跡取り同士になってしまった)

(7) でもきっと結婚を考えていても私は養女になっただろう
世界で与えられた最大の役目だったから。
夫だってそうだ。先天的か後天的かという違いだけで鏡をのぞく様に
先祖の連綿とした営みの末端に、夫は居るのだった。
お互いが仲良く自分の籍に入ろうとしない相手の薄情さを嘆いた。
加えて夫は、私が漫画以外何も要らない人間に見えると言った。
それで会うのをやめた。28の頃だ。

(8) それが私の
確かに私は人との縁くない
関係のありようを知らなかった。

だから
仕方ないと思った。
それでもちょっと、病気になった。

私なりの 決して

緩くはなかった
愛というものに初めて気
付いてちょっと泣いた

◎そして二十五歳の時、正式に養子縁組をした。
◎死に近い戸籍上の母の、看護師さんに「娘です」と紹介した時の顔を、私は一生忘れない。

それでも恐
いもので

人並みの感情を得た事に、私は安心していたかも知れない。
それは漫画を描くうえで不可欠なものに違いなかったから。

こんにちは。
今回は「都市伝説」について書いてみよう、と思ったんですが……、はて、わたしの知っている話は「都市伝説」なのかな？　ともかく書いてみます。

糸巻き婆さん

採集・一九七九年頃広島市

山の中に一軒家がある。

眺めていると、扉が開いて、髪も服もくもの巣だらけの婆さんが出て来る。手には大きな糸の玉を三つほど抱えている。

そして、二つを庭の柵に刺し、一つを持って、糸を解き始める。

すべて解くと、人の頭が出てきた。

他の二つも解くと、同様に頭が出てきた。

すると、また元通り糸を巻き始める。

巻き終わると、婆さんは家に入ってゆく。

この間に婆さんと目が合うと、自分も糸玉の芯にされてしまうそうだ。


小学校高学年の時、校外学習で宿泊する予定の施設は「出る」らしいと評判でした。色々な噂がありましたが、これは隣の組の友人Tに聞いたものです。この施設との関連も、婆さんがくもの巣だらけである理由もうまく納得出来なかったので、同じ組の友人には話しませんでした。

校外学習の後半は、小雨まじりの生暖かい風の日でした。施設の渡り廊下から、正面の山の中腹に一軒家がぽつんと見えました。どんより暗い空のせいで、山が妙に近く見えましたが、一軒家は、ごくありふれた民家のようでした。木が深くて上半分しか見えませんでしたが、いずれにせよ、婆さんが虫干しするような天候でもありませんでした。

歩く草

採集・一九七三年頃広島市

オヒシバだかメヒシバだかの穂を三本だけ残して摘み、逆さに立てておくと、夜歩くそうだ。友人は、机の上を歩いているのを見たそうだ。

幼稚園の頃、友人Yから聞きました。怖いと思いつつ何度も試してみていますが、未だに歩くのを見るどころか逆さに立てる事も出来ません。

寸取り虫

採集・一九八七年　呉市

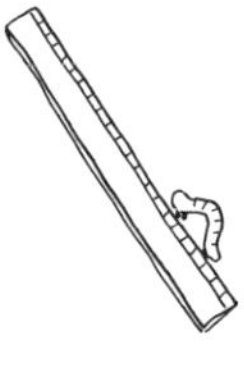

寸取り虫に寸を採られると、その人はそれ以上背が伸びない。

いわゆる尺取り虫の事を、祖母は「寸取り虫」と呼んでいました。確かに小さいのだから「寸」の方がふさわしいと思います。「あんたのお母さんは、寸取り虫に寸採られたけえ背が伸びんかったんよ」と祖母は申しておりました。母は確かに小柄です。祖母は迷信や超常現象の嫌いな人でしたが、エンコ（広島で河童にあたる生物。赤くて毛むくじゃら。猿猴）に胆を抜かれて幼馴染みを失ったりもしています。

包帯女

採集・二〇〇七年
流行・一九七八年頃広島市

夕暮れ時に遊んでいると、包帯でぐるぐる巻きの女がやって来て、「わたしきれい？」と聞く。気に入らない答えだと追いかけてくる。どうやら女は原爆による火傷で包帯を巻いているらしい。

姉が小学生時代に聞いた話です。「口裂け女」の少し前に流行ったらしく、よく似ていますが、遅くまで遊んでいてはいけないという大人視点の教訓が含まれています。

広島には原爆にまつわる怪談は意外に少ないのです。この都市伝説も「原爆で」という部分は推測として軽く付け足されているだけです。そこにかえって、このような物語が身近な誰かを連想させ、決して作り話として親しまれないでいた状況を、うかがい知るような気もします。

しかしそれでも、美しい娘が「火傷で」不幸になる都市伝説なら他にもありました。そっちのお話は、聞いたら三日以内に貴方のお宅に現れる場合があるらしいのでやめとこうね。

浮かぶ人

採集・一九七五年頃広島市

空に人が浮いていた。雲の切れ間から肌色のものが見えたので、じっと見ていると、雲が流れるにしたがって、それが人の腕である事に気付いたそうだ。手をつないで複数で浮いている者もあったそうだ。

飛んでいる、という颯爽とした感じではなく、かなり上空をゆっくり天へ昇ってゆく、という感じのようでした。小学校低学年時代、友人二人と下校中に聞きました。ひとりがこんなものを見た事がある、と言うと、しばらく黙っていたもうひとりが、手をつないでいるのを自分は見た、と言いました。わたしが怖がると、じゃあ真ん中に、と言って二人が左右にくっついて、腕を組んでくれました。それを「死」と呼ぶのではないか、と聞いてみましたが、友人らにも分からないようでした。二人が分からないと言うのも、かえって注意深くその言葉を避けているように感じられて、不気味でした。よく晴れた昼下がりでした。

その後も、人間だけでなく、豚や牛でもたまに聞く事があります。そういえばテレビでも、空中を馬が小さく駆けてゆく映像を見た事があります。

急須

採集・二〇〇〇年頃東京都

お湯呑みにお茶を注いでいて足りなくなったら、急須の底をくすぐってやると、また出てくる。

夫が父君から教わったそうです。確かに出てくる気がするのが不思議です。ところで我が家にはお湯呑みが二つしかないのに、なぜか急須が三つもあります。

隣の部屋の中

採集・一九七四年頃広島市

アパート住まいだった幼稚園の頃の友人Sが、隣の人がパンダを飼っていると言っていた。パンダはでかくて背が二階まであるので、階段部分の吹き抜けで飼うしかないそうだ。

Sは時々突拍子もない嘘をつく子でありました。のでこれはあまり信じていませんでした。アパートの部屋の中に階段があるというのもおかしいと思いました。しかし、その十数年後に上野駅で大パンダの像を見た時、Sはこれを見る機会があったのではないかな、と思いました。

扉の中

体験・一九七四年頃広島市

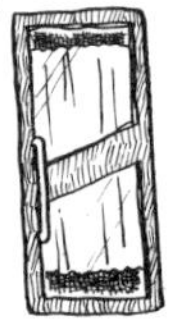

幼稚園の隣は旅館だった。木枠にガラス張りの扉は、内側から布がかけてあって、いつもきちんと閉まっていた。一度だけ扉が三十センチほど開いていた事がある。中をちらっと見ると、小さなセメント塗りの玄関の向こうは黒っぽい板張りの広間だった。十畳以上の広さの真ん中に木の椅子が一つだけあって、西洋人の女の人が腰掛けていて、その子供と思しき金髪の少年がひざまずいて女の人の膝に頭をもたせかけていた。幼稚園の側の窓では、風に木の葉がきらめいていた。その後は、その扉が開いているのを一度も見たことはない。今は幼稚園もその旅館も無くなってしまった。

と、Sばかりでなく自分の記憶だってアテになりません。それも、たんに子供だったから、とも言い切れないのです。ほらこの通り←。

にわ

体験・二〇〇五年頃東京都

五年ほど前、自宅のマンションに居ると、奇声と共にうちの扉を軽く蹴ってゆく者があった。頼りなげな足音が階段を上がってゆき、それきり降りてくる気配が無かった。翌日の明け方、鶏にしてはやや細い声が何度も聞こえ、夜明けを待って、声のする方へ恐る恐る行ってみた。すると、屋上の踊り場に、つがいの碁石チャボがかしこまって居るのだった。

しかし、すぐ引き返してパン屑を持って行ってみたら、雄鶏一羽きりになっていた。この雄鶏は管理人さんが引き取り手を見つけるまでの一週間、やはりずっと一羽きりだった。確かにつがいだったのに。結局、動転していて二羽に見えたとしか考えられないのだ。

かたつむり

採集・一九八八年頃 広島市

かたつむりは瞬間移動できるそうだ。

友人Mから大学時代に聞きました。閉めきった水槽から水槽へと移動したらしいです。

かたつむりは分からないけれど、あるお寺の縁日で買ったサフランの球根を見ていて、この話を急に思い出したりしました。植えてから、あまりに速く次々に大きな尖ったつぼみがつくものだから、育つというよりどっかから飛んで来て刺さっているように思えてきて、何度もその辺を見回したものでしたよ。

胡蝶の夢

体験・一九七〇年頃 広島市

たぶんわたしのいちばん古い記憶です。二、三歳の頃だと思います。

当時のわたしは妹と並んで昼寝をするのが日課でした。目を覚ますと、妹はまだ眠っていて、母が窓際の日だまりで洗濯物をたたんだり、テレビを見たりしていました。そしてわたしが起きると、きまって母がこちらを向いて「あ、起きたん?」と言うのでした。本当に驚くほど、いつも同じ「あ、起きたん?」でした。同じでつまらない、と次第に思うようになりました。そこで、母に気付かれぬように寝たふりを続けたり、母がよそ見をしている隙にそうっと近付いたりしてみましたが、必ずどこかで「あ、起きたん?」と言われてしまいます。毎日しぶしぶそれを受け入れて、その後は母の横でニュースを見ました。母が「おお、おお」と言うので、横で一緒に「おお、おお」言っておりましたら、「いまのは違うが」と指摘されたりしました。どうも悲惨なニュースだけ「おお、おお」らしいのでした。ゲリラとは飛行機を乗っ取る人達の事らしい、と学んだのはこの頃だと思います。

どんなに壮大な夢を見ても、どんなに不思議な夢を見ても、目を覚ますと妹が横で眠っていて、窓際の母がこちらを向いて「あ、起きたん?」でした。起きて、テレビを見て、「おお、おお」言って、姉を保育園へ迎えに行って、父が帰って来て、晩御飯を食べて。でもそれも、目を覚ませば「あ、起きたん?」かも知れないのでした。そんな事をひとり考えては面白がっておりました。

じき弟が生まれ、新しい家に引っ越し、幼稚園に通い始めました。それでも時々、わたしはいつか目を覚まし、この世界はすべて「あ、起きたん?」で終わってしまうのではないかと思うのでした。ああ、これはさすがに夢ではない気がするぞ、と本気で感じたのは、小学二年生に進級した日です。それでも、永年の癖はなかなか抜けないもので、いつまでも夢見心地ではいかんなあと何度思っても、夢でない証拠は未だにどこにもないのです。

そして、四十年近く経った今思うに、毎日同じ母を、毎日同じように「つまらないと思っていた」わたしは、誰よりも母に似てワンパターンなのだろうなあ。

実録！あいつのゆくえ

去る10月15日、警察庁は 国家公安委員会での議論などを経て「家出人捜索願」について「行方不明者届け出書」と名称を変更する方針を明らかにした。確かに、行方不明のものは必ず家を出ているとは限らない。それと同時に、家の中や手許にあるものも、その行方を常にすべて把握されているとは限らないのだ！ そこで筆者は、結構大きい顔で家に現れる割に、いつの間にか消えてゆくあいつの行方を最後まで追跡した。

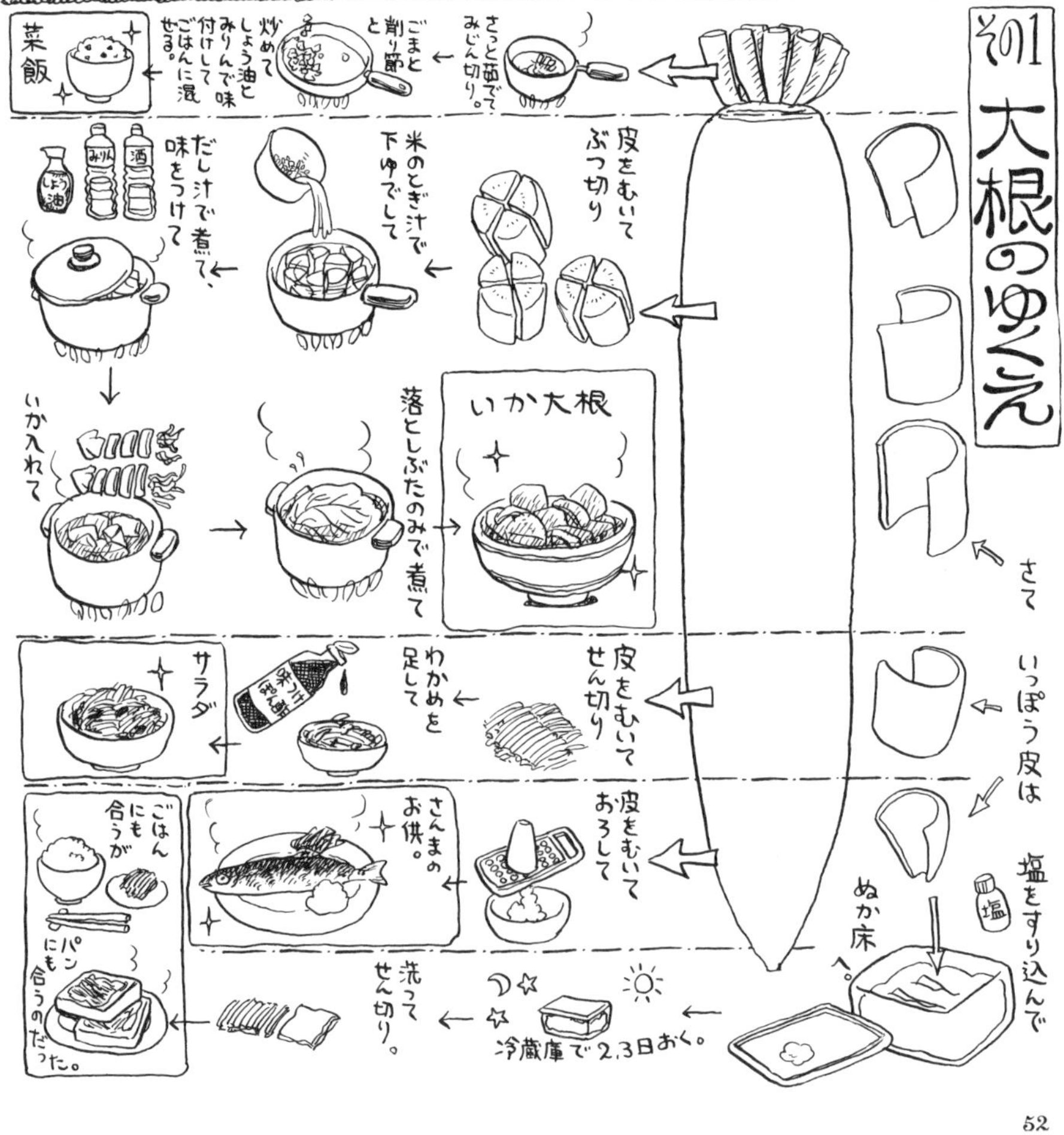

その1 大根のゆくえ
さっと茹でてみじん切り。
ごまと削り節と炒めてしょう油とみりんで味付けしてごはんに混ぜる。
菜飯
皮をむいてぶつ切り
米のとぎ汁で下ゆでして
だし汁で煮て、味をつけて
みりん
酒
しょう油
いか入れて
落としぶたのみで煮て
いか大根
さて
いっぽう皮は
皮をむいてせん切り
わかめを足して
サラダ
皮をむいておろして
さんまのお供。
ごはんにも合うが
パンにも合うのだった。
塩をすり込んで
塩
ぬか床へ。
冷蔵庫で2,3日おく。
洗ってせん切り。

その2
キャベツのゆくえ
いちばん外の一枚は固くて食べられないので煮物の落としぶたにした。
その次の二枚はざく切り。
塩
おやつにした。
その次の二枚はせん切りにして冷やし中華の具になった。
思えばあれが今年最後の冷やし中華であった……。
次の三枚はサラダになったっけ。
マヨネーズ
きゅうりのぬか漬け
その後の三枚はインスタントラーメンの具で
たまご
残りはとんかつの付け合わせになったのだ。
からし
ソース

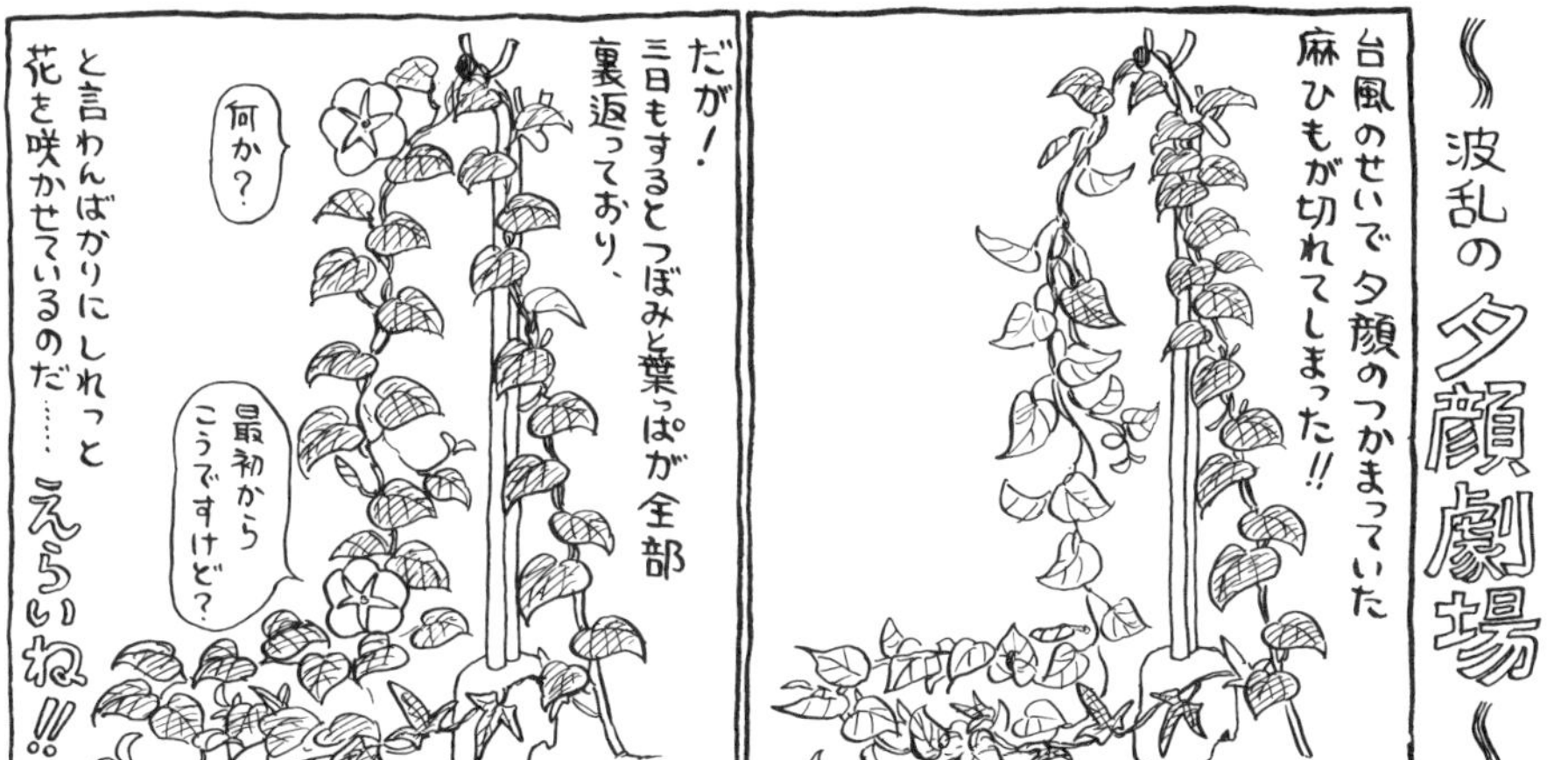
〜波乱の夕顔劇場〜
台風のせいで夕顔のつかまっていた麻ひもが切れてしまった!!
だが! 三日もするとつぼみと葉っぱが全部裏返っており、
何か?
最初からこうですけど?
と言わんばかりにしれっと花を咲かせているのだ……
えらいね!!

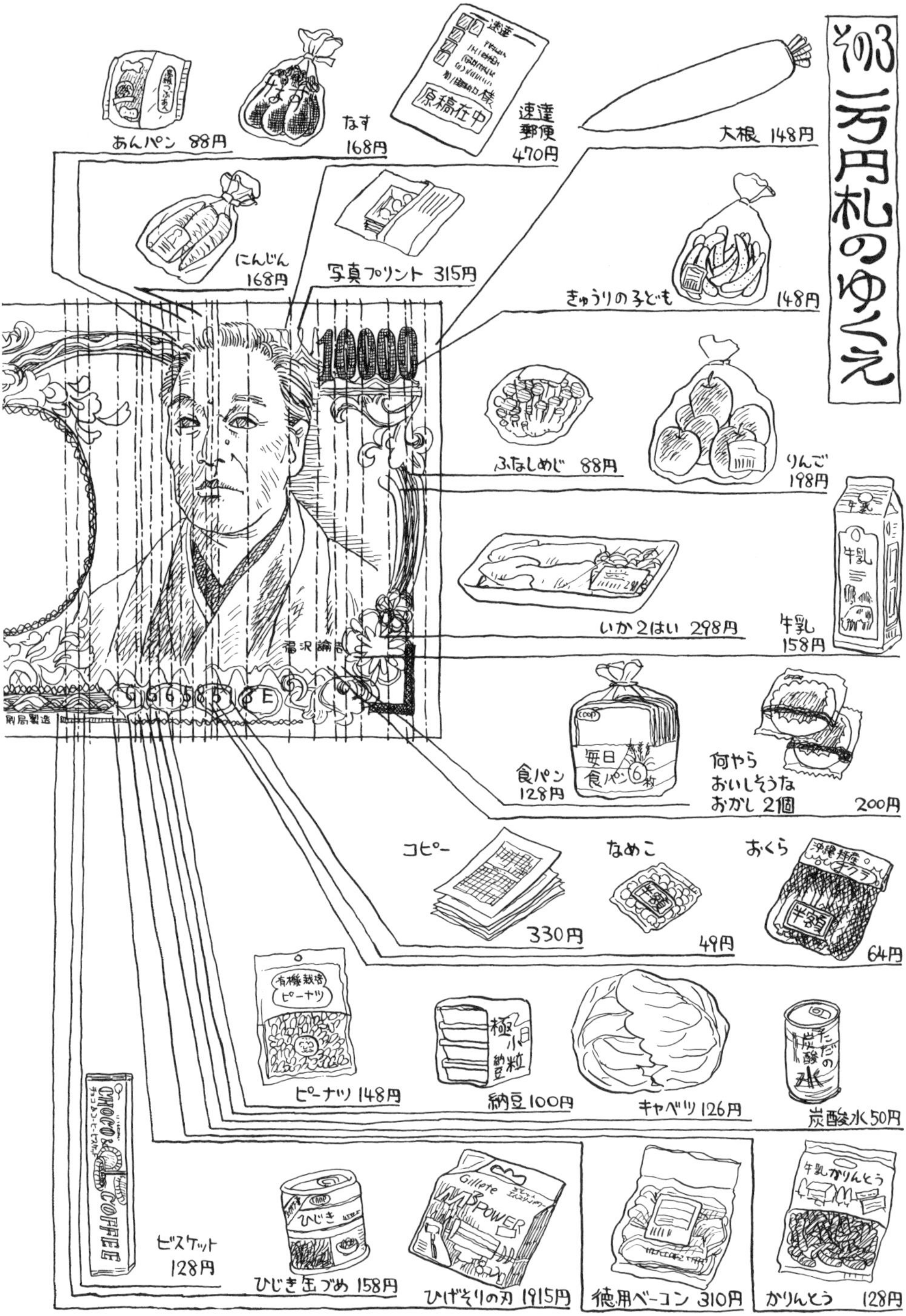

その3 一万円札のゆくえ
あんパン 88円
なす 168円
原稿在中
速達
速達郵便 470円
大根 148円
にんじん 168円
写真プリント 315円
きゅうりの子ども 148円
10000
福沢諭吉
印刷局製造
ふなしめじ 88円
りんご 198円
いか2はい 298円
牛乳
牛乳 158円
毎日 食パン 6枚
食パン 128円
何やら おいしそうな おかし 2個 200円
コピー 330円
なめこ 49円
おくら 64円
有機栽培 ピーナツ
ピーナツ 148円
極小粒納豆
納豆100円
キャベツ126円
ただの炭酸水
炭酸水50円
CHOCO & COFFEE
ビスケット 128円
ひじき
ひじき缶づめ 158円
Gillette
ひげそりの刃 1915円
徳用ベーコン 310円
牛乳かりんとう
かりんとう 128円

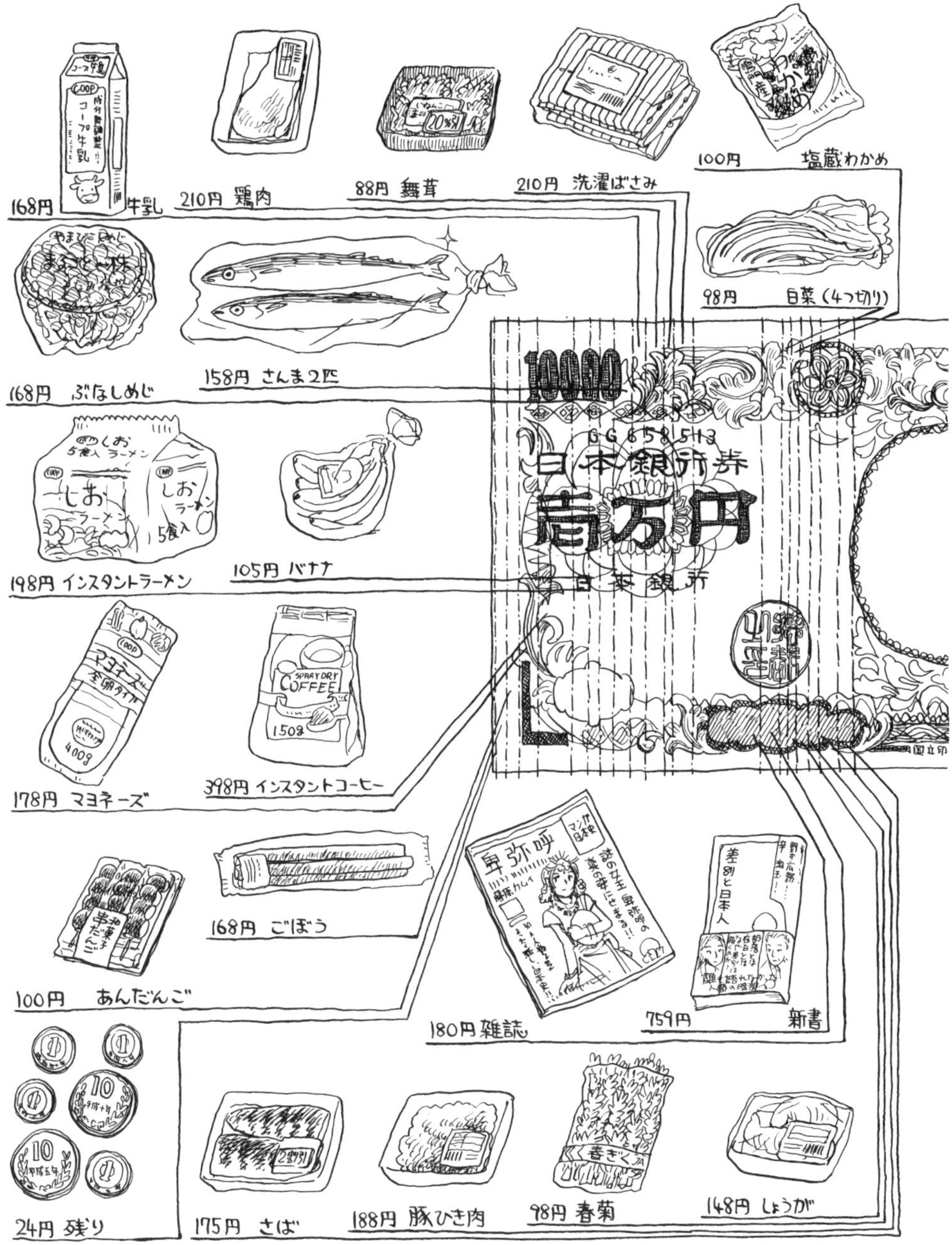
168円 牛乳
210円 鶏肉
88円 舞茸
210円 洗濯ばさみ
100円 塩蔵わかめ
98円 白菜(4つ切り)
168円 ぶなしめじ
158円 さんま2匹
198円 インスタントラーメン
105円 バナナ
178円 マヨネーズ
398円 インスタントコーヒー
100円 あんだんご
168円 ごぼう
180円 雑誌
759円 新書
24円 残り
175円 さば
188円 豚ひき肉
98円 春菊
148円 しょうが

今回の追跡から見えてきたのは、凄まじいほどに平穏な秋の一週間であった。

なお、この1万円札そのものは明らかに我が家を出て行くのを目撃した。巡り巡って、貴方のお宅におじゃまするかも知れない……。

注目の新刊

来年大注目間違いなしのこの三冊。
あらすじと何と最終話までご紹介!!

（価格はいずれも税込み）

明朗なる成長譚

口絵、母はごく平凡であった。私は母に似ているらしいが、自分ではよく分からない。
一、私は雪の中で生まれた。きょうだい達と枯れ草の上に乗っかって、押し合いへし合いしながら大きくなった。
二、やがて雪が解けるにつれ、我々の行動範囲も徐々に広まった。
三、野原には芝桜が咲きそめ、
四、たんぽぽが咲き乱れ、私達の幼き日々は矢のように過ぎてゆく。

ニッポンの犬
岩合光昭　平凡社　28頁　1260円

五、ある朝、広い空をこいのぼりが並んで泳いでいた。誰の仕業だろう。そんなことはどうだっていいと言うように、風が渡り菜の花がきらきら笑った。
六、確かめなくても知っている気がした。たまに物陰からこちらを見ている男がいる。あれが私のお父さんなのだろうと、私は思っていた。
七、花は次々咲いては散り、種を結んでは芽吹く。青草が伸びるように、私はすくすくまっすぐおとなになった。曲がっているのは尻尾だけ。連れあいも見つけた。
八、そして念願のマイホーム。私の母よりも父よりもずっと年を取っている、暖かく思慮深いれんが造りの建物だ。
九、やがて子宝にも恵まれた。ほらほら、アルバムでもご覧なさい。
十、子を持って知る親心。そして今さらになって、母も父もそれぞれ個性に彩られた他者であった、と気付くのだ。私も子どもらにこいのぼりを贈ってやりたいが…。あいにく父のような腕力を持ち合わせていないようだ。
十一、だが、落ち込んでばかりの私ではないのだよ。というわけで、どうです。まっしろな手袋と靴下を作ってやったぞ。
十二、その後、セーターとズボンもあつらえて白装束で固めた子ども達。じきに周りを埋め尽くす雪になじんで、存分に駆け回ることだろう。

それにつけても我が子どもらの可愛さときたら……いろんな服のうちの子をもっとご覧になりたい方はこちらをどうぞ。

日本の子犬

1050円

日本の猫

岩合光昭　平凡社　28頁　1260円

日だまりの邂逅

口絵、私の故郷は、雪深い山あいの小さな集落でございます。集落の代表として送り出される日には、弟や妹たちが私の足跡を楽しげに踏みながら送ってくれたものでした。

一、そして今、私は風光明媚なこの町へやって参りました。見よ、この青空、海原に浮かぶ勇壮な山を。

二、ここに来たのは重要な会議に出席するためです。我々の会議は、通常夜に行われるのです。同じ会議に出席する者だろうか。今寝て英気を養っているようです。私も寝ておくべきだろうか。

三、一応会場の位置を確認しておきましょう。もしもし、そこの娘さん。あ、そうですか会場はあっちですね。すましているが意外に親切でした。ここはいい町です。

四、大あくびしている者がいます。うららかな陽気と川のせせらぎ。ああやっぱり、私もつられて眠くなってきた……。

五、妖艶なお姉さんに声を掛けられて、目もぱっちり。えっ今ですか。ひまひま、超暇ですとも!!

六、あ……、飲み屋のお姉さんだったんですかい……。先客もいるのね……。

七、いやいや、がっかりなんかしてないよ。ええ、私も一杯頂きます。

八、しかし飲むばかりではちと口寂しいですな。おや皆さん、船に乗り込んで…ほう魚を取りに行くのですか。さすが海の民ですなあ。

九、あなたが船長さんですか。いやあ私は山育ちなもので船はどうも…遠慮しておきます。お気を付けて行ってらっしゃい。

十、そうこうしているうちに夕方です。そしてここが会場ですか。受付ご苦労さん。なかなか立派な門構えですな。

十一、皆さんなかなか来ませんな…と待っているうちに、あれっ、朝!? それにこんな荒れ野の真ん中だったっけ!? 待てよあの受付娘……、狸のような色をしていた!! そういえば、確かれんげ畑で道を教えてくれたのもあいつだった…!!!

十二、不覚! 昨夜は議員たちは、茶虎さん来ませんねえ、とか話していたんだろうか。

勿論、普段はこんなどじは踏まないのです。その証拠に貴重な昼間の会議の模様を収めたこちらをご覧頂きたい。

むれねこ
1050円

流れゆく風と光

口絵、またも物語は雪景色から始まる。いま煙を上げて走って来たのが、私だ。しかし電信柱といい、信号機といい、あんたらよくまあこの雪の中へ、突っ立っていられるな！

一、寒い寒い、息までまっしろだ。寒いとつい走ってしまうな。

二、むっ。行く手を何かがふさいでいる。抗議してやろうと思っていると、すぐに通りすがりのお兄さんたちがなだめにやって来た。

三、いかんいかん。私はただでさえ怒りっぽく見られてしまうのだ。いつも頭から湯気を立てているからなあ。ひとっ走りして頭を冷やした方がいいな。

四、ああ桜が咲いている。春はやっぱりいいものだ。心が浮き立って、思わず駆け出したくなってしまうよ。

五、でそのまま山を駆け登ってきた。なぜ山なんかに登るのかって？

六、そりゃあ一気に駆け降りるのが楽しいからだよ！

七、群青の海に影が落ちる。大きな影は悠然と澄んでいて、私のではないみたいだ。ずっと並んでいるものだから、つい競走してしまう。

八、夜はあまり好きでない。まっくろな私は闇に溶けそうで不安になる。煙であたりを白く染めようと走ってみた。

栄光の蒸気機関車 ―昭和の絶景路線!!―
藤田弘基　平凡社　28頁　1260円

九、いつの間にか林檎の香る季節になった。風がひんやりと甘くて心地よくて、切り分けずにはいられない。軽やかに汽笛を鳴らして、まっかな実にご挨拶…なんてしゃら臭くて、逃げ去ってしまったさ。

十、紅葉の山へも出かけたのだ。友達と仲良く並んで登り始めた。筈だったのだが、いつしか駆け比べに。黒煙を吹いてすっかりガチバトルですわ。

十一、黒煙を吹き過ぎたせいか、黒雲が怪しく垂れこめて来た。私も友達も血の気、じゃない火の気が多くて困ったものだ。急いで走って帰る事にした。しかし競走せずに帰れるのかな…。

十二、季節は巡って、また雪だ。スキーをしている人もいるぞ。嬉しくてつい駆け出してしまう。…え、何か？……。ああそうだよ！何だかんだと理由を付けては、私は結局走りたいだけなんだよ!!

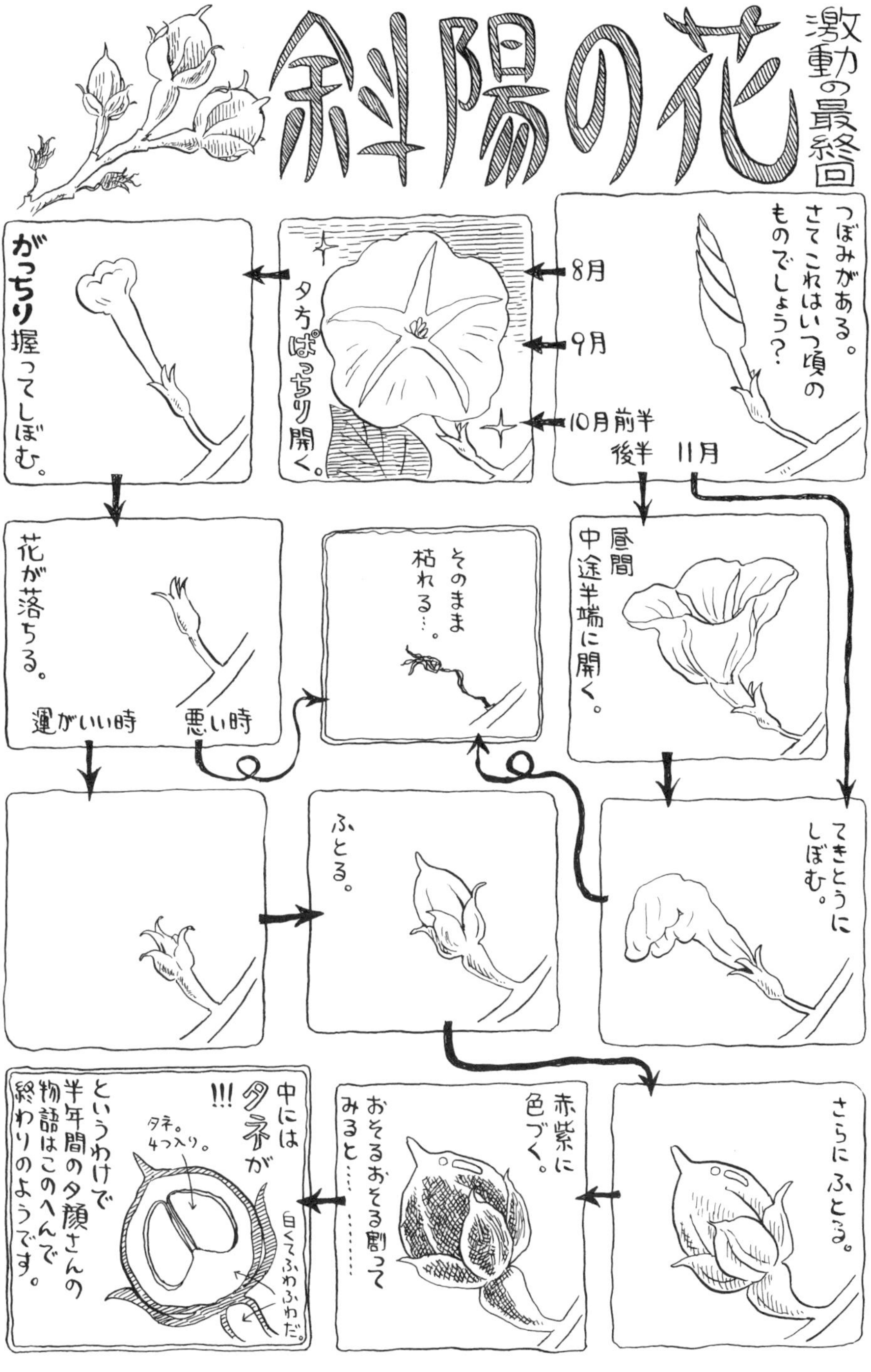
斜陽の花
激動の最終回
つぼみがある。さてこれはいつ頃のものでしょう？
8月
9月
10月前半
後半
11月
夕方ぱっちり開く。
がっちり握ってしぼむ。
花が落ちる。
運がいい時
悪い時
そのまま枯れる…。
昼間中途半端に開く。
てきとうにしぼむ。
ふとる。
さらにふとる。
赤紫に色づく。
おそるおそる割ってみると……
中にはタネが
!!!
タネ。4つ入り。
白くてふわふわだ。
というわけで半年間の夕顔さんの物語はこのへんで終わりのようです。

平凡で些細な　おかしなことを　描き続けるお便り

「平凡で、些細なことも
じっと目を凝らして眺めていれば、
日々はおかしなことだらけ。
日常を描き続ける漫画家、こうの史代が
貴方へ送る小さなお便り」

そんなうたい文句と共に始まったこの連載。なのにあんまりそうでもなかったような…。というわけで、半年を迎えた今回は初心に帰って、

さてこんにちは！
二〇〇九年もいよいよ残りわずかとなりましたね。きゅうに寒くなりましたが、おかぜなど召されていませんか？

いきなり後ろ向きですが、わたしはもともとお正月があまり好きではありません。なぜなら寒いからです。何が嬉しくてこんな寒い時期に一年を終えたり始めたり、騒がねばならないのだろう…。四月頃にしてくれればいいのになあ。

その上「…しないと年が越せん」と頭ごなしに強迫するようないいまわしがますます、「じゃあしないで年が越せるかどうか試してみようか」という気分にさせられるのです。でも年賀状書いたり、お正月飾りを付けたり、おせち料理作ったり、お雑煮食べたり、初もうで行ったり、お笑い番組見たりは、結構楽しくてわくわくしちゃうんだなあ……。でそれがまたいまいましかったりするんだ!!

とまあごまで書いてふと思ったのですが、なぜ縦書きの文章はこう…右から⇐左書き進めるのでしょうね？

世の中には右利きが圧倒的に多い。だから縦書きの日本語は、かきながらよくその手で文字を擦って汚したり流してしまう（うわー）のはいまご覧の通りです。

左から右へ…と⇒書き進める決まりにしなかったのはなぜだろう。

それはやはり、世の中に右利きが圧倒的におおいからでしょうな。字ではなく、絵の場合を考えてみよう。

人や動物を描く時は、右利きは、向かって左向きの方が圧倒的に描き易い。したがって、「描かれた生き物」たちは大てい右から左⇐へと

進みたがる。またさら《さら》に、絵は文字よりずっと古くからある。後に文字がうまれ《うまれ》、絵に付け足された時、自然に絵の流れに沿って、

絵巻物《絵巻物》をはじめ絵本《絵本》や漫画《漫画》といった絵と文字の混ざった場に日本語は向いている《ている》。だから《から》日本は漫画大国となったのかも《かも》知れないな。

ついでに気づいたのですが《が》たま《たま》にわたしは向かって右向き《向かって右向き》の顔ばかり《かり》描いてしま《しま》って《て》いる時がありますね《すね》。そう《そう》いう時は、きっと、無意識のうち《うち》にわざと流れにさか《さか》らって、少しでもゆっくり《ゆっくり》読んで貰いたいと思っているんだろう《ろう》。本当にゆっくり《ゆっくり》読んで貰いたい《いたい》場面ならいいの《いの》だけれど《れど》、たま《たま》たま《たま》気に留めて貰いたい《いたい》気分なだけかも《かも》知れなく《なく》て《て》、そう《そう》いう場合はただかき《かき》にくいし《にくいし》、読みにくい《みにくい》だけだから《から》、吟味しながらかき《かき》直すこと《こと》になる《なる》のです《です》。だから《から》漫画を描いて《て》いる《いる》間はくれ《くれ》ぐれ《ぐれ》もじゃ《じゃ》念は捨てなくちゃなあ。

ああ、捨てるといえば《えば》、小学校《小学校》時代、捨と拾の字の区別がつき《つき》ません《せん》でした《した》。先生からは《は》、

捨は

「吉」事だから。

拾は

と手を「合」わせるから。

と覚えろと教わった《わった》けど、ます《ます》ます《ます》意味合いが逆《逆》だ《だ》と思ったもの《もの》です《です》。普通なら

ひろう＝「吉」

すてる＝「合掌」

ではないだろうか《ろうか》？だから未だに《だに》、どこか《か》で誰かが《かが》この似た字同士を間違えて《えて》、そのままになっている《ている》んじゃ《じゃ》ないか《いか》と思って《て》いた《いた》りしま《しま》す。

似ているといえば、わたし《わたし》は姉《姉》とにて《にて》いるらしく、故郷に《に》いた頃は、よくおもてで姉《姉》と間違われて《われて》声を掛けられた《けられた》ものです《です》。逆に姉《姉》もよくわたしの知人《わたしの知人》から声を掛けられて《けられて》いた《いた》らしい。なん《なん》となく気まずいの《いの》で姉《姉》と

似ないように髪を切ってみたが、それでもよく間違われた。そして、翌日学校で姉とわたしを間違えた人は、「お姉さん、ほんまにそっくりじゃねえ」と、必ず笑って言うのでした。そう、そもそも似ているとなぜわらえるのだろう？

突然《ぜん》ですがここでなぞなぞを一つ。みかんを半分に切った。この切り口に一番似ているのは何でしょう？

答えは、もう半分の方の切り口。

ところで、わたしの夫はふたごです。みかんの切り口同士よりもよく似ている、世界で一番そっくりなふたごだと思います。義弟といっても他人ですし、余りまじまじ見るのも失礼かなと思っているうちに、違いをみつけられずお別れとなってしまうというだけの話かも知れないが。でも、みかんの切り口を並べても捨と拾が並んでいても、別にわらえない。夫とその弟を並べてわらったことも、一度もない。それでも、まだ義弟に会う前、ふたごと聞いただけでわたしはうっすらわらっていた気がするのです。単にいい大人が双「子」と呼ばれているのがおかしかったのかも知れないけれど。目の前の人と、同じ外見の人がどこかにいるのだ……と想像すると、やっぱり笑ってしまうのでした。

また、義母は夫と再会したとき、「ほう、だいぶおでこが広うなってきたな」とこっそりわたしに言いました。その後義弟と会ったら、おでこの広さは同じくらいでした。離れていても似たままなのだと思うとそれもやっぱりおかしいのでした。

ということは。正確には似ているもの自体がおかしいのではなく、似ていると思う自分の心というか、判断が楽しいんじゃないだろうか。みかんも捨も夫も明白すぎて判断の余地がないから、そう笑えないんじゃないだろうか？

ところで、恥ずかしながらわたしは若ハゲがどうも好きらしくて「ドラゴンボールZ」の再放送などは粗筋をほとんど理解していないにもかかわらず、毎週ベジータ君に釘付けだったりします。ふしぎです。男の人はなぜハゲるのだろう？ 頭というのは非常に大切で、最も保護すべき部位ではないのだろうか？ これについては、以前放送大学で「動物行動学」を学んで、こんな風に考えたことがあります。

まずすべての生き物は、自分の「子孫」をより多く残したいという本能を持っていると考えられています。だからオスは多くのメスにモテたいし、メスはおさんも子育てもそうたくさんは出来ないから、生命力のある強いオスの遺伝子を持つ子がほしいのだ。なのに!自然界には、長〜い尾や大きな角や派手な色を備え持った明らかに生存競争において不利な形質なのにモテるオスが多くいるのです。

これについてアモツ・ザハビが一九七五年に提唱したのがハンディキャップ説

メスに好まれる形質は、最初は自然淘汰上有利でも中立でもなくもともと不利だったのだが、それにもかかわらず生きてこられたほどその他に有利な形質をかね備えていることをメスに示しているとするもの

でした(「動物の行動と社会」中嶋康裕・日高敏隆他 放送大学教育振興会)。そこで、ハゲた男性もその一種ではないか、とわたしは思ったのです。つまりですな、

ちょっとちょっと、毛って、大事な部分を保護するために生えているんでしょうよ!

よりによっていちばん大事で、しかも末端にあって危険に晒され易い頭に、あんた何も生やしてないんですか!?

……でも、そんな無防備な頭で生きて来られたなんて、強いのね…いや賢いのかな?

とにかく素敵!好き好き!!!と多数のメスどもに衝撃を与えてこころをガッチリ掴むために、男は頭をハゲさせるわけですよ!!!

昔のおさむらいさんなんかは、ハゲ易い額から頭頂部にかけてハゲてもいないうちからわざわざ剃っているけど、やはりハゲのほうが、あの時代はモテていたという事じゃないのだろうか。そう考えると、なぜ今はあんまり人気がないように思われているんだろうかね?

ハイヒールの女にも同じ事がいえるかも知れない。ハイヒールを履いたらモテ易いのではないか、と何となくわたしなどは考えているのですが、あの危険な足場でどれだけ平常の生活をいとなめる個体かオスはメスのそんなバランス感覚を測っているのかも…あれ?

いつの間にか男女が逆転していた。するとハイヒールを履くともっと男がモテるのかな!?

なんだか結局モテるモテないの卑俗な話になっちゃったなあ…。

ともかく、貴方にとって二〇一〇年がよい年でありますように!!!

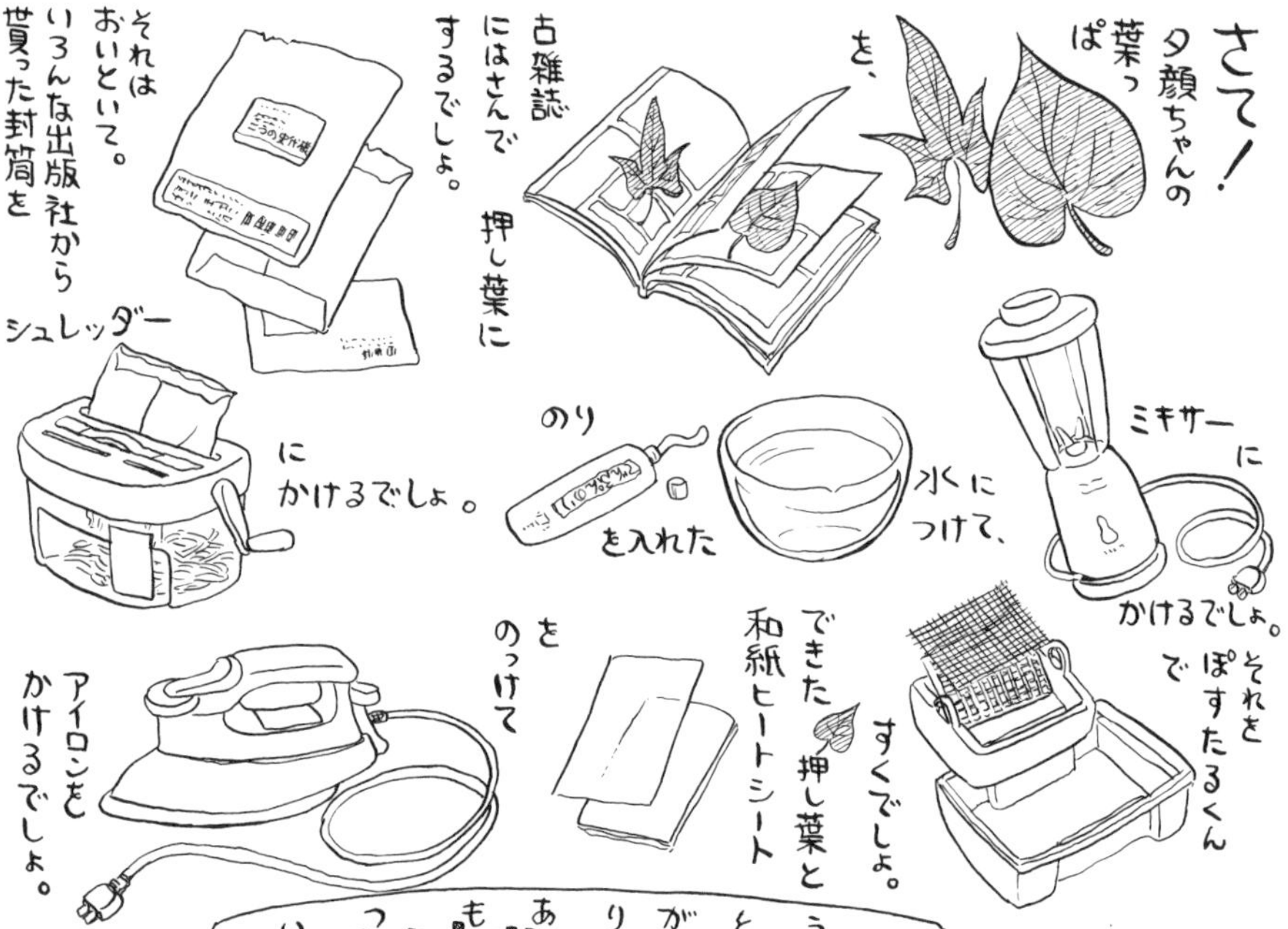

さて！夕顔ちゃんの葉っぱを、
古雑誌にはさんで押し葉にするでしょ。
それはおいといて。いろんな出版社から貰った封筒を
シュレッダーにかけるでしょ。
のりを入れた
水につけて、
ミキサーにかけるでしょ。
それをぽすたるくんですくでしょ。
できた押し葉と和紙ヒートシートをのっけて
アイロンをかけるでしょ。

そこで！ ご愛読者プレゼント《いつもありがとう》!!

15名様に

締切り2009年12月15日

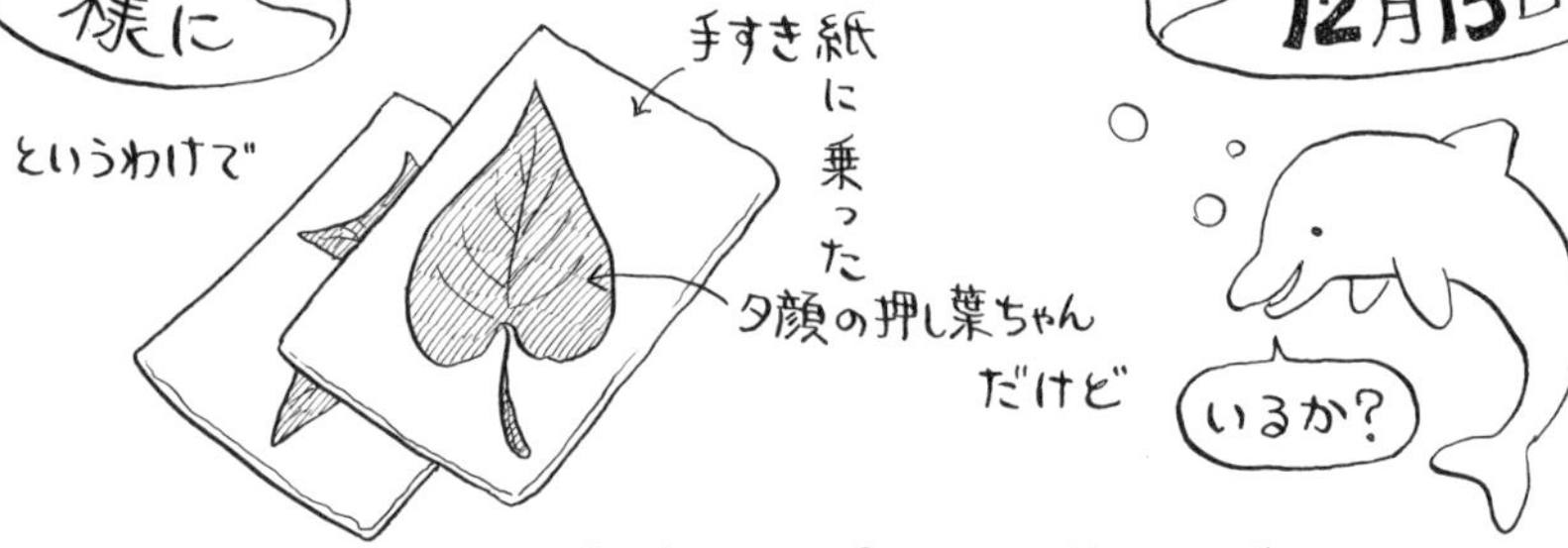

というわけで
手すき紙に乗った
夕顔の押し葉ちゃん
だけど
いるか？

ご希望の方は、①住所②氏名③年齢④性別⑤好きな動物または植物　を明記のうえ、

〒112-0001　東京都文京区白山2の29の4
(株)平凡社 企画課「押し葉」係

まで、ハガキをお寄せ下さい。

・応募者多数の場合は抽選、発表は、お正月頃賞品の発送をもって代えさせて頂きます。
・ご記入頂きました①②は賞品送付のためにのみ使用致します。③～⑤は、もしかしたら本連載で匿名にて紹介させて頂くかも知れません。

ご応募お待ちし とり ます！

団地探訪

先日、ちょっとした用で　とある団地を訪れた。

なんと！ 判で押したような建物ばかりであった!!

編集さんと作家の現場 ～2～

10月6日15:00 福音館印南《いんなみ》氏（20代後半男・野草に喩えるとハルジオン）と沼袋猫丸にて会う。これは月刊絵本「こどものとも0.1.2」別冊付録に連載中の『ときこの本』2010年2～3月号の現場である。

こうの（以下(こ)）：遅くなってすみません！

印南（以下(印)）：いえいえ。

(こ)：というわけで今回の原稿です。今日はしかし、寒いで（すね）！

(印)：どうも、雨の中ありがとうございマス。今回のマンガは国際子ども図書館まで足を運ばれた甲斐がありましたね！

(こ)：そうですね。取り上げた本が「ちいさいおうち」で、わたしも子供の頃好きだったもので、初版本を漫画に登場させる、という名目で探しに行けて楽しかったです。あ、（初版本の）ゴピー、見ますか？ タテ書きなんですよ！

(印)：ほんとだ、しかも130円…。翻訳者の石井桃子さんの名前が出ていないのも驚きです。

(こ)：130円は当時（昭和30年頃）にしては高いちなんじゃないかと思います。物価は大体今の1/20くらいだった気がしますよ。食品が1/10くらいと同じで貴重だったかも知れません。

(印)：流石、時代考証は確かですね。

さて、次回の連載ですが…。

(こ)：「こぶとり」ですね。昔話というのは初めてですよね？

(印)：そのはずです（忘れてたら大変）。この回で丸3年、長期連載になりましたね。

(こ)：おかげ様で！ この連載は毎回絵本が読めて、あっという間でした。「こぶとり」は、そういえば子供の頃はじめて「納得が行かん！」と思った昔話でしたよ…。

(印)：二人目に登場するお爺さんが、特に悪い人でないのにひどい目に会うという展開はなかなか理不尽です。（その辺りはうしろの解説にも書いてありますけど）

(こ)：そうそう！！ 最初のお爺さんも、踊りが得意という以外は別にいい人でもないし…リズム感のないわたしは、多分このお爺さんのような恩恵にはあずかれないな、と思ったり。

(印)：私もリズム感のなさには自信があります。この天狗たちにつかまったらきっと体中こぶだらけです。

(こ)：あははは!!…でも今回あらためてこのお話について考えて、思ったのですが、ここで大切なのはきっと、踊りの上手さではなくて異形の者と普通につき合える心というものなのかも知れませんね。

(印)：ああ、なるほど!!

(こ)：大人にならないと、こんな解釈は出来ませんでしたか…。この連載は、こういう気付きが多いです。

(印)：芸は身を助ける、という見方もできますね。物おじしない・踊りが上手・途中で顔が変わる、というとマイケルジャクソンを連想してしまいます。

(こ)：さ、最後の一つが…。いやしかし、見た目で他人を喜ばせる人というのはたしかに自分の外見にも気をくばっているのだろう…。と、ところで天狗というのは漂流して来た白人という説もありますね。

(印)：へぇー。そう言えば日本人が描いたペリーの顔にも天狗みたいなのがありますね。ところでこの昔話に出てくるのは鬼だと聞かされていませんでしたか？

(こ)：そうですよね!? 最初お爺さんが隠れるのもほこらではなく木のうろでした。いろんな種類が、同じ昔話でもあるものですね。この本の天狗の踊りはやたら楽しそうで、いいですね！

(印)：では今回の4コマのキーワードになりそうなのは「天狗」「踊り」あたりでしょうか。版画のタッチを取り入れるのも面白いかも？

(こ)：あ、それはいいですねー。この版画、木版画と紙版画がありますね？ 紙版画はやってみたい。

(印)：それは是非見てみたいです！

鬼も微笑む2011年カレンダー

やって来ました2010年！と思っている間に、もう半月が過ぎてしまいましたよ。こんな調子だと、今年もまたすぐ終わってしまうのだろうなあ。よし、今のうちに来年の暦を用意しておくか！ついでに、めくるのも忘れないように、一繋がりにしておこうっと。

	日	月	火	水	木	金	土
	26	27	28	29	30	31	1/1 元日
一月	2	3	4	5	6	7	8
	9	10 成人の日	11	12	13	14	15
	16	17	18	19	20	21	22
	23	24	25	26	27	28	29
	30	31	2/1	2	3 節分の日	4	5
二月	6	7	8	9	10	11 建国記念の日	12
	13	14	15	16	17	18	19
	20	21	22	23	24	25	26
	27	28	3/1	2	3 ひな祭り	4	5
三	6	7	8	9	10	11	12

のりしろ

のりしろ

	日	月	火	水	木	金	土
月	13	14	15	16	17	18	19
	20	21 春分の日	22	23	24	25	26
	27	28	29	30	31	4/1	2
四	3	4	5	6	7	8	9
	10	11	12	13	14	15	16
月	17	18	19	20	21	22	23
	24	25	26	27	28	29 昭和の日	30
	5/1	2	3 憲法記念日	4 みどりの日	5 こどもの日	6	7
五	8 母の日	9	10	11	12	13	14
月	15	16	17	18	19	20	21
	22	23	24	25	26	27	28
	29	30	31	6/1	2	3	4
六	5	6	7	8	9	10	11
月	12	13	14	15	16	17	18

のりしろ

のりしろ

	日	月	火	水	木	金	土
	19 父の日	20	21	22 夏至	23	24	25
	26	27	28	29	30	7/1	2
七月	3	4	5	6	7 七夕	8	9
	10	11	12	13	14	15	16
	17	18 海の日	19	20	21	22	23
	24	25	26	27	28	29	30
	31	8/1	2	3	4	5	6 広島原爆忌
八月	7	8	9 長崎原爆忌	10	11	12	13
	14	15 終戦の日	16	17	18	19	20
	21	22	23	24	25	26	27
	28	29	30	31	9/1	2	3
九月	4	5	6	7	8	9	10
	11	12 お月見	13	14	15	16	17
	18	19 敬老の日	20	21	22	23 秋分の日	24

のりしろ

のりしろ

	日	月	火	水	木	金	土
	25	26	27	28	29	30	10/1
	2	3	4	5	6	7	8
十月	9	10 体育の日	11	12	13	14	15
	16	17	18	19	20	21	22
	23	24	25	26	27	28	29
	30	31 ハロウィン	11/1	2	3 文化の日	4	5
	6	7	8	9	10	11	12
十一月	13	14	15	16	17	18	19
	20	21	22	23 勤労感謝の日	24	25	26
	27	28	29	30	12/1	2	3
	4	5	6	7	8	9	10
十二月	11	12	13	14	15	16	17
	18	19	20	21	22 冬至	23 天皇誕生日	24
	25 クリスマス	26	27	28	29	30	31 大晦日

二二年二月二日

①

朝起きたら、おもてはまっ白だった。の代わりに、雪が電線に乗っている。

9:20 を食べて、夫を送り出して、

「いってきまーす」

思った。

「今日はは無理だな。」

②

9:30 そこでくつを磨き始める。調子に乗って四足も磨いてしまった。

10:18 夫から電話が。

「雪、だいぶ溶けてるよ。」

そうか…じゃお昼頃まで様子を見て考えよう…。しかしくつずみで指先がまっ黒になってしまったがこれ夕方までに落ちるのかな?

③

10:40 洗濯を始める。その間にデジカメさんの中身をパソコンに移して、さらにそれをに移す。…が、いつも本当にちゃんとやってくれたかどうかわからなくて、もやもやする…。今回も気付くと四十分も経っていた!

11:30 もう一回洗濯。それと残り湯の温かいうちにお風呂

④

もそうじ。途中で誰かから電話があったけど取れなかった。ごめんよー。

13:00 洗濯したシャツどもにアイロンをかける。わしはモノグサなので、シャツ類は先にアイロンをかけてからそのまま吊して干すのじゃ。今回はしかも、押し入れから引っぱり出したショールを下に敷いて、同時にアイロン

これまでのあらすじ

去年の1月　戦中戦後の呉市の漫画「この世界の片隅に」を描き上げる。
4月28日　単行本を出して貰う。
11月24日　文化庁メディア芸術祭実行委員会から双葉社に「優秀賞に選ばれましたよ」と電話を貰う。
12月3日　正式発表。
今年の1月　招待状が届く!!!

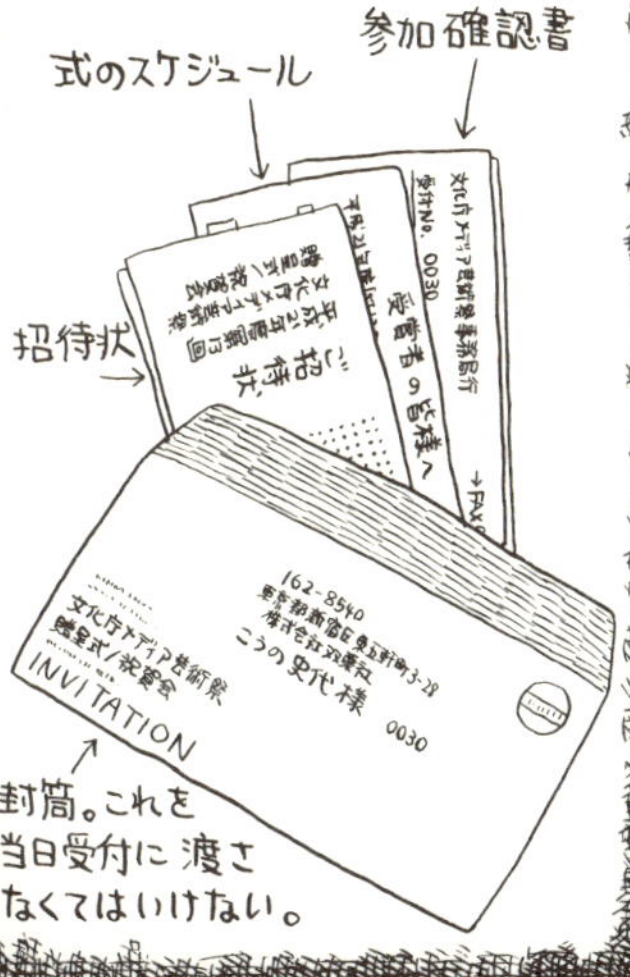
参加確認書
式のスケジュール
招待状
INVITATION
封筒。これを当日受付に渡さなくてはいけない。

⑤
がけしてやったわ。
13:51 お昼御飯！冷や飯にフリカケですわ。
14:14 どうも天気が悪くなりそうだ。洗濯物は明日すぐ干せるよう窓際に運んでおいた。この寒さだしカビる事もないだろう。
14:16 鏡をちゃぶ台に置いて、顔を塗り始めたのでした。

⑥
14:47 洋服を着替える。
15:10 髪をとかす。
15:30 家を出る。戸締まり用心火の用心じゃ。
歩き始めたら（靴）音がやたら大きい事に気付く。もう何年も履いていない靴だったので、足に合わなくなったのかも知れない。途中の薬局であわてて中敷き（中敷き）を買う。
15:52 電車に乗る。←を靴に貼

※この日は着物で出かける予定であった。火曜日で美容院がお休みなので、数日前から着物で暮らして、帯結びを練習していたのだ。

桜色の絞りの羽織
赤と金の八寸帯
泥染めの大島紬
下駄は新調したんだぜ！

この着物は22歳位の頃、貯金をはたいて買ったもの。

だが前日夜から雨が雪に変わったので、洋服にするかどうか迷っていた。

紅水晶の首飾り。
黒のベルベット
さっきアイロンをかけたショール
さっき磨いた靴

こっちは22歳の時、結婚式用に母が買ってくれた。

地下鉄の中で書いているので、後半文字が乱れているが……あ？いつもか!?

⑦
りつけて一件落着。
と思いきや、乗り換え駅で歩き出すと、今度はまる！
幸いまた次の電車で座れたので、貼り直そうとしたら今度は靴の内壁（っていうのか？）もはがれてしまったのじゃ。適当に位置をかえて足を入れたが、駅に着いて歩いてみんと、じっさい具合がいいかどうかは判からんね。

⑧
16:20頃 六本木駅に到着。「東京ミッドタウン」はすぐ見つかった（というか駅にくっついていた）が、「ミッドタウンホール」が見つけられず、まごまごしてしまった……。
16:40 には、それでも、上着を預けてこうして控え室でくつろいでいるのだった。む？確か16:30から説明が始まる筈だったがおかしいぞ……って、遅刻しといてこのたいど。

スクリーン？→
文化庁メディア芸術祭受賞祝賀会
と書いてある板が見える。
その他はよくわからない。
ろうか。
これが控え室だ！
入口
いす
机
スクリーン？
つい立て。
お茶置場
私

⑨
どうやらここに居るのは受賞者ばかりのようだ。だんだん増えて四十人くらいになった。向かいにきれいな女の人が座った。おっと、貰った書類に目を通さなくては。

16:55 三宅乱丈さんがお声をかけて下さった!! ビームの編集者Iさんがお茶を入れて下さった!!!

（一度ちょびっとだけお世話になった事があるが面識はなかった。）

⑩
17:00 係の人が入って来て進行の説明。外人さんの受賞者もいるので英語の通訳が合間に入って内容の倍の長さ。
17:10 会場に移って、再び説明を受ける。
17:30頃、控え室へ戻って来た。
今これはトイレで書いている。
17:55には会場で着席しておかなくては。

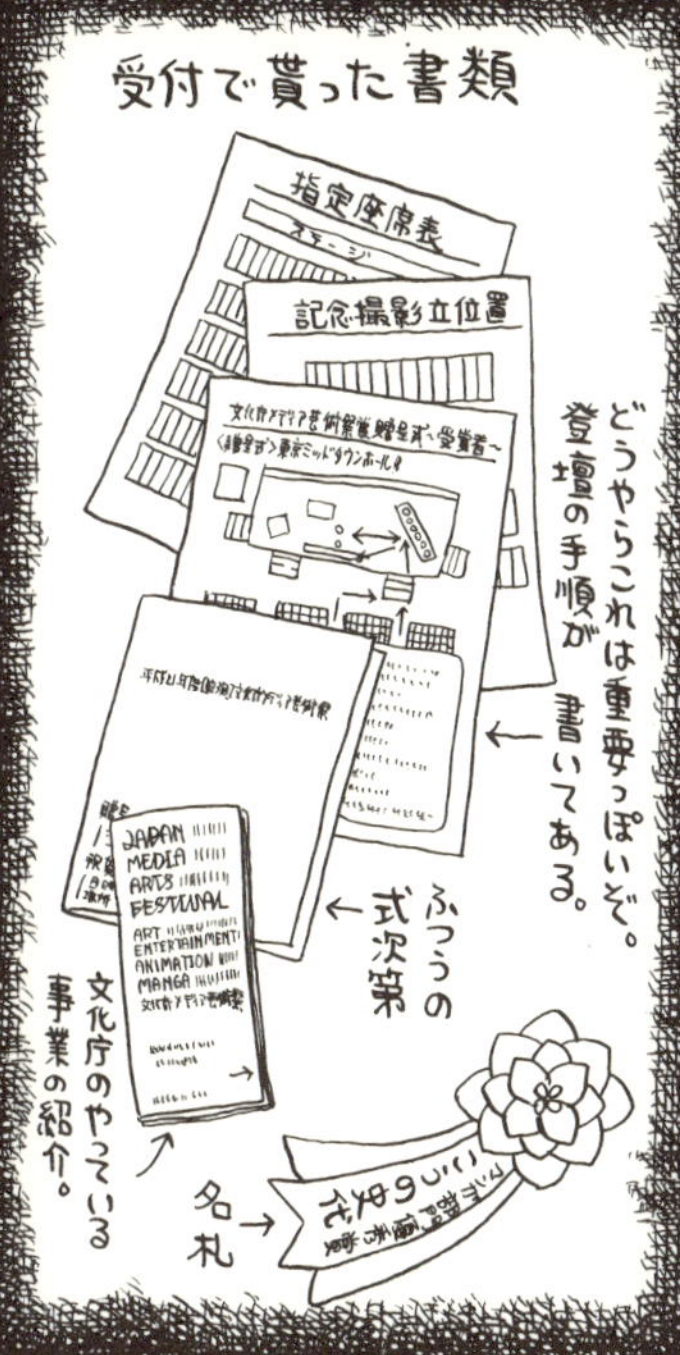

受付で貰った書類
指定座席表
ステージ
記念撮影立位置
どうやらこれは重要っぽいぞ。登壇の手順が書いてある。
ふつうの式次第
JAPAN MEDIA ARTS FESTIVAL
ART ENTERTAINMENT ANIMATION MANGA
文化庁のやっている事業の紹介。
名札

⑪
※当日の記録はここで終わっている。記憶の新しいうちに続きも少し記しておこう。
17:40頃、幸村誠さんが マント と くさり と かぶと と おの を身に付け始める。なんかめちゃくちゃかっこいい。こういう作家さんと一緒に居られて良かったな。
17:55 トイレから出て来ると、

⑫
アクション編集部の梁谷さんとMさんが、控え室に置いていった段取りの書類を持って来て下さっていた。で会場へ。
18:00 贈呈式が始まる。隣の席の五十嵐大介さんが穏やかに言う。「僕はもう段取り覚えるのやめました。こういう所に来る人はこういうの苦手な人ばかりだから心配いりませ

18:00 贈呈式はじまり。
19:20頃 おわり
（写真撮影）
19:30 祝賀会
21:20頃？ おわり
（サインしたり。）
21:30 会場を出る
21:50？ ヒルズ展望台へ。
サイトー氏と梁谷氏と
「キャラメル・マキアート」飲んで
ダべったり、夜景を見たり。
23:40 タクシーで帰宅。
夫と 食べる。
0:50 ねる。

▲この日最後の走り書き。

⑬
んよ。」**全くその通りだった!!**
式は程よく和やかな調子で進み、時々斜め前の三宅さんが振り向いて、にっこり笑ってくれる。漫画《マンガ》部門は最後だ。ウィスット・ポンニミットさんが呼ばれ、山田芳裕さん（の代理のモーニング編集部のF氏）が呼ばれ、次が私の番。登壇したらすぐ足許にスクリーンの

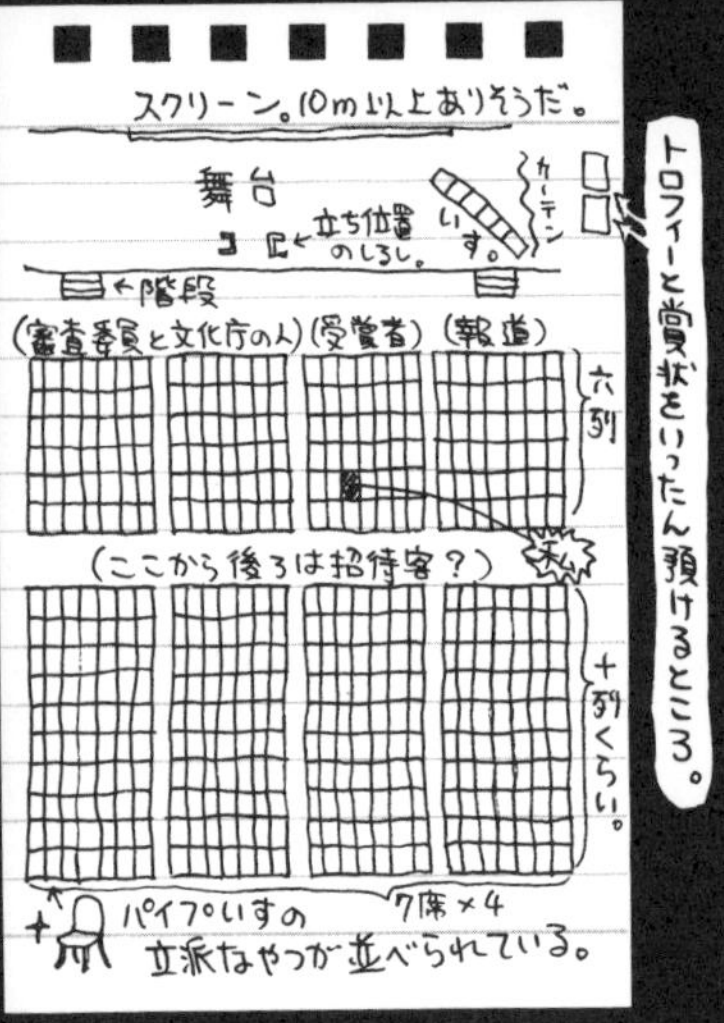

スクリーン。10m以上ありそうだ。
舞台
立ち位置のしるし。
いす。
カーテン
階段
（審査委員と文化庁の人）（受賞者）（報道）
六列
私
（ここから後ろは招待客？）
十列くらい。
パイプいすの立派なやつが並べられている。
7席×4
トロフィーと賞状をいったん預けるところ。

⑭
映像が見られる画面があって、それぱっかり見ていた。五十嵐さん、三宅さん、幸村さんが登壇したら、幸村さんが赤いマント姿で挨拶をされて、その後トロフィーと賞状を受ける。私はすぐ辛気臭くうつ向く癖があるので気をつけようと思っていたら、腰の方がこわばってしまってお辞儀

ちなみに、控え室で向かいにいらしたのは、金田伊功さんの奥様だった。
贈呈式の途中で知ったのだった…。

⑮
かやけに浅くなってしまった。
19:20頃 贈呈式が終わると、前の方の椅子を片付けて、記念撮影。私は三列め（全部で四列）。肩を叩く人がいるので振り向くと、ウィスット・ポンニミットさんだった。この人は…漫画も本人も**すげー可愛い**んだ!!! アラヤダ♡ 男の人を「可愛い」だなんて、私もおばさんになったものね…。

その他のお話しした方々

17:45頃 マーマーのKさん
ナナロク社のMさん
IKKI編集部Tさん
19:30頃 村上知彦さん
細萱敦さん
双葉社 Aさん Hさん
Eさん Sさん
S'さん S''さん
祥伝社 Aさん
20:05頃 衆議院議員 Tさん

⑯
19:30頃、祝賀会会場へ。受賞者は三名招待出来る事になっている。私が招待したのは、担当編集の染谷さん、呉市入《いり》船山《ふなやま》記念館の齋藤さん、「くれえばん」編集長の木戸さん。双葉社の人が多く来て下さっていて、びっくりする。何だよ! みんなホントは「☆○る」じゃなくてがっかりしてるくせに!!
↑こういうのを負け犬の遠吠えという…。

20:15頃 キネマシトラス Oさん
文藝春秋編集部 Tさん
日本顔学会 Hさん
しりあがり寿さん
20:40頃 NHK Tさん
佐賀大学 Kさん
20:50頃 コーラス編集部 Kさん
渡辺ペコさん
朝倉世界一さん
21:00頃 文化庁 Sさん

⑰

20:00 音楽の演奏が始まる。ドラムの人がお菓子の缶みたいなのを叩いている。つくづく思うのは、この栄誉は関わった人すべてのものだという事だ。作家が作品に全力を尽くすのは当然の事で、立派でも何でもない。ただ選んだ資料によって値打ちが決まり、読者によって居場所ができる。

帰る時貰ったもの
賞状
賞状

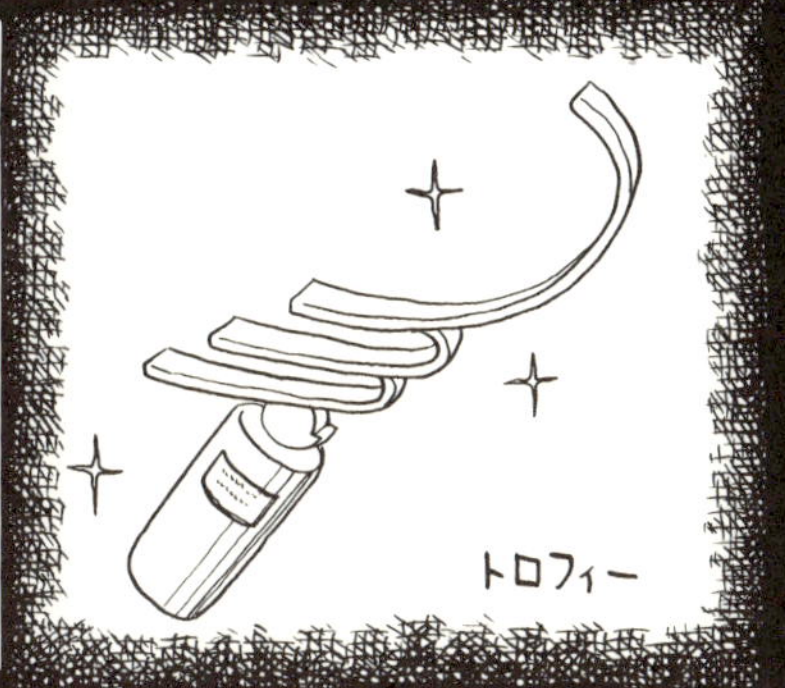
トロフィー

⑱

21:30 祝賀会もお開きとなり、会場を出る。トロフィーと賞状と図録を持って、齋藤さんと染谷さんと、タクシーに。

21:50頃 六本木ヒルズ展望台で薄雲にかすむ月と東京タワーを見て、他愛ないお喋りをした。

その後、染谷さんがタクシーで自宅まで送って下さった。

⑲

齋藤さんが新宿のホテルの前で降りた。車は青梅街道を進む。以前住んでいた辺りを通った。まだ二十代だった私とまだ三十代だった染谷さんが打ち合わせした「マクドナルド」は「モスバーガー」に変わっていた。

23:40頃タクシーを降りた。道路わきに雪が残っていて、朝はまだ銀世界だったのを思い出した。

受賞作品集
13th JAPAN MEDIA ARTS FESTIVAL
文化庁メディア芸術祭

賞金
の書いてある紙
とその
封筒
賞

⑳

自宅に着いたら、夫はネット将棋をやっていた。

「洋服で行ったのか……うひゃ、バブル期丸出し」と言った。

そして着替えて、お化粧を落として、お湯を沸かしてなかよくコーヒーとかえるまんじゅうを頂いて寝ました。

夫が先週名古屋に行ったおみやげ。

おしまい。

編集さんと作家の現場 ～3～

11月10日14:00 講談社 寺内氏（40代前半男・野草ならホタルブクロ）と高円寺 Baby King Kitc-hen にて会う。もう11年の付き合いだがまだ漫画を担当して貰った事はない。ただご馳走になりに来たようにも見えるが…作品に繋げるべく雑談で傾向を探っているところなんだからね!!

こうの（以下(こ)）：お久し振りです!!

寺内（以下(テ)）：お久し振りです!!

(こ)：ここは子連れのお母さん方が多くて、可愛いお店ですね。(テ)さんはよくいらっしゃるのですか？ ちょっと場違いな気がしないでもないが…。

(テ)：自宅の近くなのでたまーに妻と…。看板メニューが〝お子さまランチ〟なんですが、大人も注文できて、美味しいんですよ。確かに男性の漫画家さんと打ち合わせで来たときは浮いてました…。

(こ)：と話している間に「お子様ランチ」が来ましたよ!! というわけで、いただきます!!!

(テ)：どうぞ！ けっこうボリュームもあるんです。あ、私のサンドイッチも来ました。

（ひたすら食べる）

(こ)：というわけで、ごちそう様でした!!! いや、本当に満腹です。

(テ)：私も満腹です。バナナジュースも美味しかった…でもお会いするのは本当にお久し振りですね。

(こ)：えーと、前お会いしたのは四月頃？ 春でしたね。あの時は、「世界百不思議」（怪しげな事象を扱う講談社の週刊誌）の話なんかしたりして。

(テ)：そうでした。読者の方は意外かもしれませんが、こうのさんかなりお好きですよね、妖怪とか、都市伝説とか。

(こ)：そ、そうですかね？ いや、みんな好きでしょ？ そうそう！ 最近実はこんな本を読みまして。（と言いながら「前世療法」ワイス著・PHP文庫を取り出す）。

(テ)：……意表を突かれました。こっちの方面にもご関心が？

(こ)：たまたま古本屋で見つけたのです。この本は退行催眠でトラウマの治療をしていたら、前世の記憶が次々出てきた、という人の記録です。実は…そのー…こんな風にいろんな人生が体感出来たら漫画のネタに困らんだろうなーと考えたりしまして。関心というより下世話な損得感情でした。

(テ)：何人分かの自伝が書けるわけですものね。漫画家という職業の大変さを今、改めて感じました。使えるモノは前世まで使う、という。

(こ)：大変と言われると何かかなり申し訳ない気が…。でも、考えてみたら自分の話って、描けそうで案外難しいですね。だからもしコレで前世を思い出せたとしても、時代背景とか、そういう部分しか使えないかも知れません。

(テ)：それだけでも十分にスゴいと思います！ 私としては、こうのさんのギャグセンスやユーモアが大好きなので、いい意味で馬鹿馬鹿しい新作をぜひ描いていただきたいです。

(こ)：おおお!! (テ)さんの有難い所は、いつも私に「馬鹿馬鹿しいものを」と言って下さる所ですよ!! 「生まれ変わり」に関しては、昔から何度か描いてみようと思っているんですが、ギャグ漫画だと面白そうですね！

(テ)：喜劇だとよく「～になりすます」状況が出てきますけど、「生まれ変わり」はもっとダイナミックに馬鹿馬鹿しそうですね！ すごく読んでみたいです。

(こ)：一回やそこらではちょっと感動路線になりそうなので、何回も生まれたり死んだりして。

編集さんと作家の現場 ~4~

11月30日11:20 宙出版《おおぞら》N江氏（30代前半女、野草で言うとハハコグサ）とは中野ミヤマにて会う。そんなわけで「Next-comic ファースト」（Yahoo!コミック内）で連載中の『古事記』第3話は今月15日掲載なのでした！
よろしくね。

こうの（以下(こ)）：遅れてすみません！

N江（以下(N)）：大丈夫です、富士そばでうどん食べてました。

(こ)：おっと…いきなりそば屋さんの宣伝か…？　それはそうと、今回の原稿です！　どうぞよろしく。

(N)：拝見します！

(こ)：お渡しするのは「古事記」第三話の原稿です。島々を生んで戻って来たイザナキとイザナミが、暮らしに関わる神々を産み、死別するところ(まで)を描いています。あっ、原稿に名前と題書くの忘れてた！　あとで書きます。

(N)：今回、非常に大勢の神々がうまれていますが、どの神も容姿がいろいろで楽しいです。

(こ)：有難うございます！　この辺は「とにかくたくさんの神様が生まれました」というテキトウな描写を心がけました。

(N)：いや、この海の神は、やっぱりこうあって欲しい」という造形で…。どうしてこんなフーボーに…。

(こ)：オオワタツミは、この後また出て来ますからね…その時に「あっこの人見た事ある！？」と思って貰えるよう、ちょっと変わった顔にしてみました。

(N)：たしかにもう忘れませんね…。さて、こうのさんの意図する「テキトウ」とは、古事記の大らかさも関係するのでしょうか。

(こ)：そうですね。この辺の神々はほとんどが一回限りしか出て来ないし、名前も語呂合わせみたいな安直なものだったりします。大らかというかおちゃめというか、そんな印象をそのまま漫画に表現出来れば、と思いました ね。こういうのは翻案してしまうと、省略されるか、くそ真面目になってしまうかで味が薄れてしまうので、難しいところだなーと思います。

(N)：しかし今回は、古事記のヒロインイザナミが死んでしまいます。あ、これってネタバレ(?)になるんでしょうか。いえ、結構ショックですよね、イザナキなんか超悲しんでます。ワイフコン…。

(こ)：ネタバレというか、有名な話だから…。そして、ワイフコンであると同時に妹萌え…。

(N)：!!!!…いもうと…そうでした。

(こ)：そしてこの突っ込まれよう…。

(N)：イザナミも、見ようによっては、ウルトラの母のようですよね。しかしウルトラの母の造形は、あれで良いのでしょうか。子どもの頃は違和感持ったりしませんでしたけど。

(こ)：女のウルトラマンがあれしかいないから何となく納得してましたよね。もう一人出てくるとしたらこんな感じかな？

ウルトラの姉。

(N)：ポニーテールですね。

(こ)：でもイザナミはその後悪の親玉みたいになっちゃうんですけどね。ウルトラの母はずっと元気で優しくて、何よりですわ。

(N)：日本初の夫婦の死別を経て、今後、物語はどんな展開でしょうか。

(こ)：次回は…そうですね。イザナキがイザナミを連れ戻しに黄泉の国へ行って…日本初の夫婦げんか、という感じでしょうか。

(N)：そう考えると不思議ですよね。そんな昔から、2人で寄りそう、という関係性があったなんて。現代といいますか今日（11/30）も街はクリスマス気分ですしね。

(こ)：あ…今思ったんですが、わたし（三十年ほど前）が子供の頃はクリスマスは恋人と過ごすもの、という習慣はまだあんまりなかった気がするんですよね。単に自分が子供だったからそう思っていただけかな？

(N)：ビバ和洋折衷！　メリークリスマス!!

(こ)：N江さんは楽しい予定があるのね。

萌え漫画

聖さえんすずり学園!

その1

茶倉《さくら》すずね

うお座・O型

好きな食べ物：米

担当：ボケ

聖さえずり学園!
その2
宿題忘れた!!
はうっ
あたしもだ
数学
2-B
ましろちゃーん見せてー
はわわわ
ダメダメ
自分でやる事に意義があるんだぞ
……
サラサラサラ
自分で考える事に意義があるんだぞ
デタラメ書く事じゃなくて!
スイマセーン
……
ぴんぴん。
くるりん。
しま模様のシャツ。
灰島《はいじま》ひより
おひつじ座・A型
好きな食べ物:みかん
担当:ツッコミ

聖さんすり♪学園!

その3

緑川《みどりかわ》ましろ

おうし座・AB型
好きな食べ物・牛脂
担当・不思議さん

「萌え漫画」というものは登場人物を「わたしの友達」「おれの嫁候補」として楽しむものなのだろう
茶色。
黒いのど。
スズメ
突飛な展開や過激なオチはやっぱり控えた方がいいな
ぴんぴん。
灰色。
しましまのハラ。
ヒヨドリ
騒々しくてあわただしくて
白いメガネ。
緑色。
でもいつか必ず旅立ってゆく日々
メジロ
そんなものをおもてを見ては思ったりして
在りし日の夕顔ちゃんがつかまっていた物干し台
えさ入れ
小鳥のえさ
なんかむしょうに描いてみたくなったのでした。
でも多分もうやらんよ!
うーむ さっきからあいつばっかり食べよる…
めじろ♪
ひよどり
すずめ

東京の漫画事情

二〇一〇年三月の東京都議会で、一八歳未満の青少年を性的な対象として描いた漫画・アニメを規制する青少年健全育成条例の改正案が出されたそうな。

六月までの継続審査となったが、表現の自由が侵害される、と話題になっておるそうな。ラジオで知り、慌てて図書館で新聞の関連記事を読んできた。

はてさて、「性的な対象」とはどういう事だろう？

「性交をしたくなる魅力がある」という事だろうか。それは「恋」につながるものではないだろうか。また、人間は〇歳の時から性別はほぼ決められている。それは個人を形成する重要な要因の一つである。我々は、性差の乗り越え難さを感じる事によって、他者への敬意や配慮をも身近に学んで来はしなかっただろうか。

果たして「性」という要素を切り離しながら、人間の心に響く漫画やアニメ作品を、人間は作り出す事が出来るのだろうか？

五月六日、朝起きたら目が二重瞼になっていた。

それはそうと、電話で予約したうえ、一一時二〇分、新宿区の東京都庁を訪れる。

青少年課でKaさんから

。「東京都青少年の健全な育成に関する条例新旧対照表」

。「メディア社会が拡がる中での青少年の健全育成について答申」(青少年問題協議会)

。「東京都青少年の健全な育成に関する条例改正案質問回答集」(東京都)

。「都への提言、要望等の状況月例報告 3月分」

。「東京都青少年の健全な育成に関する条例改正案のポイント」(東京都)

を貰ってきた。なおこれらの書類はパソコン上で閲覧出来るものである。

「ご質問には私ではなく担当者が答えます」とKaさんはおっしゃった。

今回問題となっているのは、「強姦等著しく社会規範に反する行為を肯定的に描写したもので、青少年の性に関する健全な判断能力の形成を著しく阻害するもの」(第八条三)、「非実在青少年による性交又は性交類似行為に係る非実在青少年の姿態を視覚により認識することができる方法でみだりに性的対象として肯定的に描写することにより、青少年の性に関する健全な判断能力の形成を阻害し、青少年の健全な成長を阻害するおそれがあるもの」(第七条二・第九条二)の青少年への販売や貸し付けを制限する、という部分であるようだ。「著しく」「みだりに」の度合いが判りづらい点などが指摘されている。

五月八日には、瞼が元に戻っていた！

それはそうと、五月九日、意見書兼質問票を作ってみた。

五月一〇日、青少年課に電話すると、Koさんが応対して下さった。ファクシミリで意見書兼質問票を送る。その後Sさんが電話を下さった。「五月一三日に直接会って頂ける事」となった。

というわけで、行って参ります！

行ってみたら、回答の文書を作って下さっていた。それを見ながら説明を受けた様子を以下に再現してみよう。

都の青少年課Sさん（以下Ⓢ）

※野草にたとえるとユキノシタ

…こんにちは！

こうの（以下（こ））：よろしくお願いします！

[二]今回の規制について確認します。青少年が読んではいけないのは斜線部分ですね？

（こ）：えーと……？

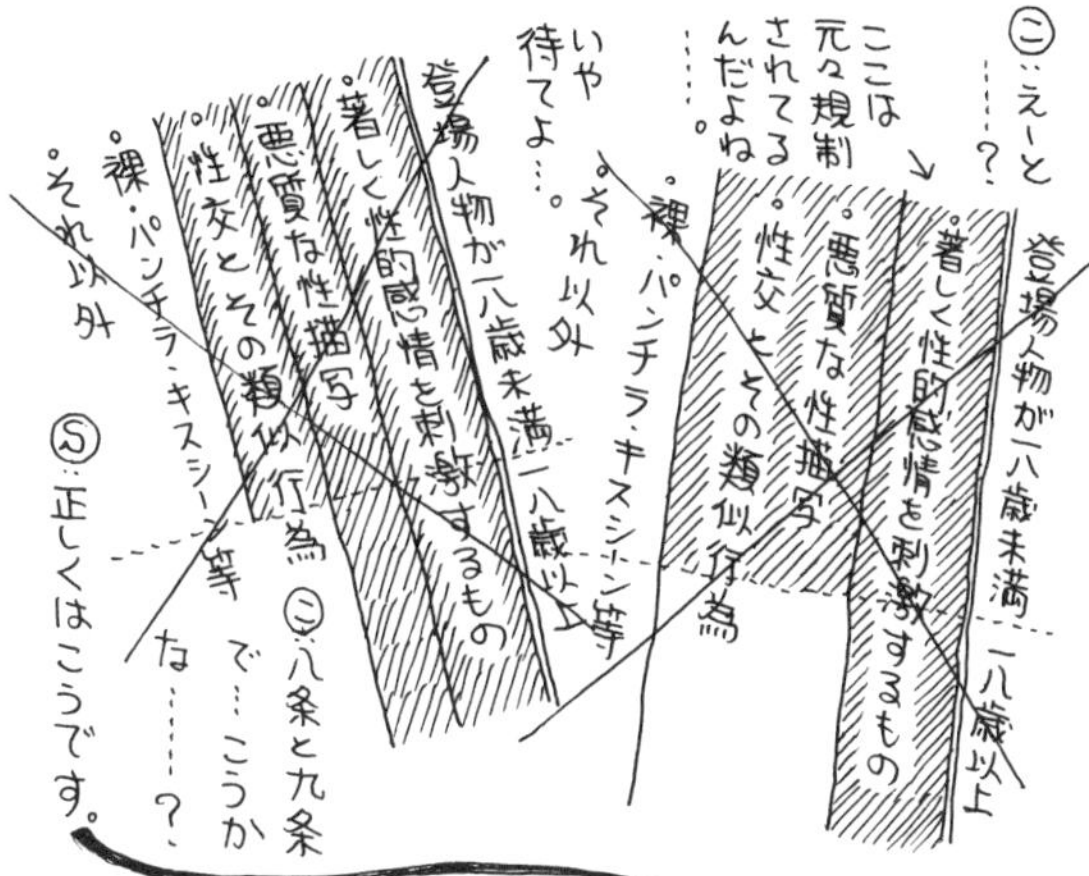

登場人物が一八歳未満
一八歳以上
著しく性的感情を刺激するもの
悪質な性描写
性交とその類似行為
裸・パンチラ・キスシーン等
ここは元々規制されてるんだよね……。
著しく性的感情を刺激するもの
悪質な性描写
性交とその類似行為
裸・パンチラ・キスシーン等
それ以外
いや待てよ…。
（こ）：八条と九条で…こうかな……？

Ⓢ：正しくはこうです。

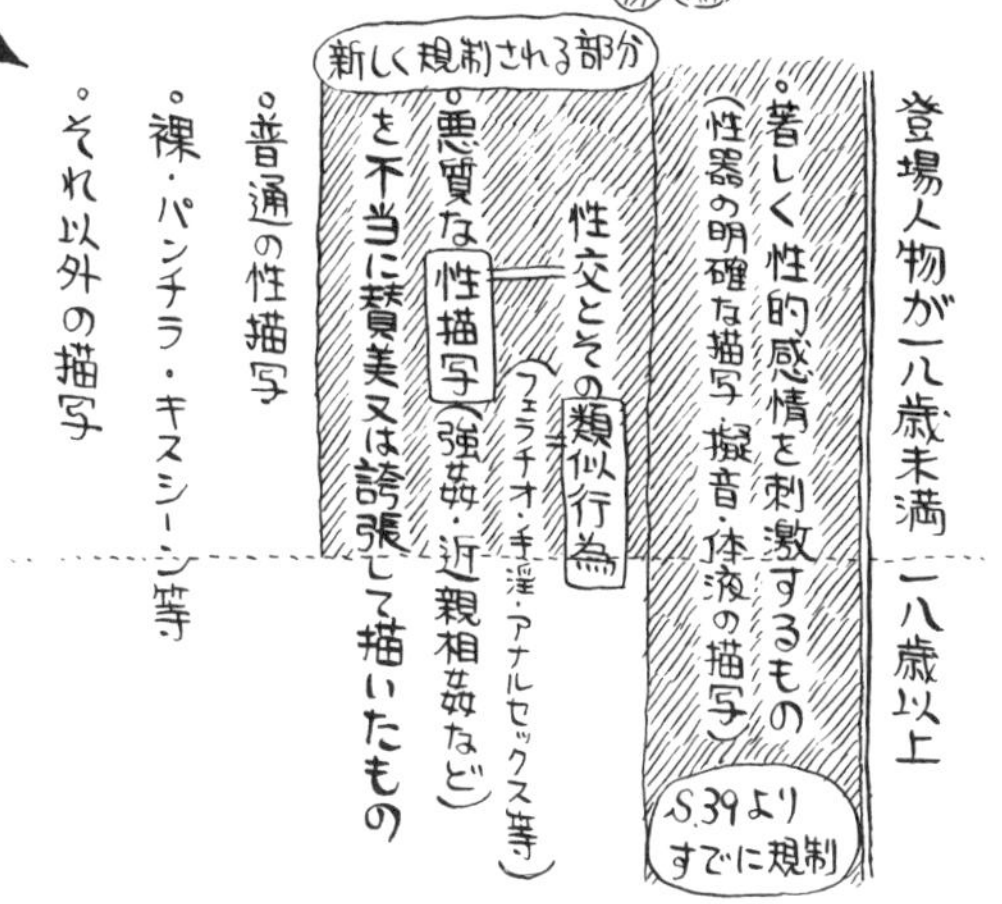

登場人物が一八歳未満
一八歳以上
著しく性的感情を刺激するもの（性器の明確な描写 擬音・体液の描写）
S39よりすでに規制
新しく規制される部分
性交とその類似行為（フェラチオ・手淫・アナルセックス等）
悪質な性描写（強姦・近親相姦など）を不当に賛美又は誇張して描いたもの
普通の性描写
裸・パンチラ・キスシーン等
それ以外の描写

Ⓢ：ちなみに第八条は都による規制、第九条の二は出版、販売者の自主規制の条例です。結果的にはいずれも売られる時、

一、「成年向け」と表紙に明記され、

二、包装し、さらに

三、区分陳列される事となります。

「メディア社会が拡がる中での青少年の健全育成について 答申」より

[三]この答申では、青少年を性欲の対象としてとらえる風潮や、青少年の性的虐待を助長する図書類が、一般に流通している問題が指摘されています（三七、三八頁）。またこのような漫画等を、大人が子どもに見せて、性的虐待を行う危険性も指摘されています（四四頁）。結果的に青少年に対してのみ規制する（四七頁）という提案に至ったのは何故ですか？

Ⓢ：そもそも青少年の健全な成長を阻害するおそれがある図書類について青少年に対して販売しないようにする制度が存在していることを踏まえて、新たな対象とすべき、と提案されているので……。

（こ）：いや、読んでいて、加害者となりうる側に規制する、という流れが自然だと思ったんですよね。それもそれで、描き手としては簡単に賛同できない問題ではありますが…。だから、今回は正直、中途半端な印象もありました。

遠からず大人に対する規制の話も出てくるんじゃないかと思うんですよ。

Ⓢ：大人が加害者になるのを防止するのは青少年健全育成条例とは別になるんです。

(こ)：なるほど、別の部署のお話なんですね。

三 この規制は、子どもが被害者となる描写を子どもに見せない、というものです。

性的虐待についてまじめに取り扱った漫画は規制対象にはならないという事ですが、作品が生み出される時点ではどう規制が働くか予測しにくいため、それを見越した出版社から自粛を要請され、過剰に排除される可能性があります。

この規制によって、犯罪検挙数は減るかも知れません。しかしそれは単に犯罪件数が減るためでしょうか。この規制が間接的に、被害者が被害者であると自覚する機会を奪い、事件の表面化を妨げる危険性はありませんか？

(S)：条例改正案は子どもが明らかな被害者として描かれている漫画まで青少年の目に触れないようにするものではありませんよ。むしろ、性的被害者であるのにさも喜んで子供がそれを受け入れているように描かれているものが対象なのです！

(こ)：ええ。それは重要ですね。しかし……私は数年前に原爆の漫画を描いたのですが、当時は自粛傾向の強い題材でして……。

(S)：自粛？なぜ!?

(こ)：わかりません。差別とか、政治的な背景とかかも知れませんが……。勇気ある編集さんと休刊寸前の雑誌に恵まれて発表できました。で、結局、全く問題もなかった。

そんなふうにね、先回りして自粛するうちにしまいに根拠も判らないままで発表できなくなってゆく題材もあるんですよ。

子どもの性的虐待を描く漫画が、この規制をきっかけに、そうやって消されてゆくのが心配です。

(S)：確かにそうなれば問題ですね。過剰な自主規制は必要ない事を出版社にご理解頂かねばなりませんね……。

しかし、現にある規制すべき作品は、どうすればいいんでしょう？

(こ)：うーん……難しいですね……。

私が子どもの頃にはまず、「望まない妊娠」と「未熟な母体による出産」の危険を性教育でたたき込まれた気がするんですけどね…だからいくら「セックスはスバラシイ」と漫画で語られても真に受けたりは絶対しなかったんじゃないかな。性教育を徹底して行ったらどうですかね？

(S)：性教育も勿論重要ですね。教育委員会などで取り組んでいますよ。

(こ)：ありゃ。これも別の部署のお話でしたか。

「質問回答集」より

四 「不健全図書」の指定は、東京都の職員ではなく、「東京都青少年健全育成審議会」の判断のもとに行われると書かれています（一四項）。この「質問回答集」は、その「東京都青少年健全育成審議会」によってまとめられたものですか？

(S)：いいえ。「質問回答集」をまとめたのは東京都です。

五 「いいえ」の場合、この法案が可決、実施されるに当たって、この回答集とは別の見解が示される可能性がありますよね？

(S)：いいえ。大丈夫！

なぜなら、東京都の条例に基づいて、この「質問回答集」等の基準を踏まえつつ、個別に具体的に判断を下してゆくのが「東京都青少年健全育成審議会」だからです。

Ⓒ：読み易いのでナメてかかってましたが、「質問回答集」はけっこう重要文書ですな…。

Ⓢ：ご参考までに。

不健全図書はこうして指定される！

職員による図書類の調査購入（毎月一二〇〜一三〇冊）

↓

職員による指定候補図書選定

↓

自主規制団体等（出版・販売関係）からの意見聴取

↓

東京都青少年健全育成審議会へ

↓

知事による指定

Ⓒ：知事……？

Ⓢ：あ、知事は指定の手続きを取るだけです。知事個人の意見で決定されたりはしませんよ。

Ⓒ：都の職員はこの流れに密接に関わりながら、具体的な指定は行えないわけですね。

「東京都青少年の健全な育成に関する条例　新旧対照表」より

六　第五条（優良図書類等の推奨）について。

ところで、私にはエロ漫画を描いていた作家仲間が何人かおります。ほとんどは、自分からすき好んで、ではなく、編集部の方針に従って、エロい描写を入れさせられていたようでした。かといって出版社や編集部ばかりが悪いわけでは勿論なく、どうも常に需要過多な分野であるようです。

現在、国は「文化庁メディア芸術祭賞」にマンガ部門を設けて、漫画作品の推薦と表彰を行っています。これは漫画業界においてある程度の指針となっていると感じます。自費出版物も対象となり、作家にとっては、たとえ出版社と方針が合わなくても、良心にしたがって描き続ける勇気を与えられるものです。ただ、この賞はどちらかというと大人向りの印象があります。

都にも、第五条に従って、健全な在り方を示した青少年向けの漫画作品を積極的に推奨して頂ければ、作家の希望となると思うのですが、いかがでしょうか？

Ⓢ：条例第五条の優良図書等の推奨は現在はほとんどが映画ですが、勿論漫画も対象となりますよ。申請して頂ければ、審議します。ちなみに、推奨図書となった場合は、都内のすべての小・中・高等学校に通知します。

Ⓒ：じゃあ早速申請します！ハイこれ（と、「この世界の片隅に」全三巻をとり出す）。

↗未成年が愛のない結婚をする点が規制に引っかかるのか知りたくて持って来ていたのだった…。

Ⓢ：今度申請書も書いてね。

七　第八条二における「強姦」についての見解を教えて下さい。

現実の性犯罪においても、強姦か和姦かの判断は意外に難しい場合がありますね。具体的にどのような描写があれば強姦と判断されますか？　例えば、別紙Ⅰ、Ⅱ、Ⅲa、Ⅲbは、ある女性向け月刊誌に載っていた作品の一部分です。

※別紙についての補足。わしの絵ですまんな！

Ⅰ
恋愛感情のない相手に性交渉を迫られ、いやがっていたが、
んんっ
逃げたらもっとヒドイ事するよ
いやッ！
のちに彼なしではいられないカラダに…という話。

Ⅱ
お互い好意を持っている様子なんだが
やぁん
ダメ…
こんな台詞が入っているんだな!!

Ⅲa 恋愛感情のない相手に突然キスをされ、
スキだらけだと襲うぞ
！
ごめんよ〳〵省略したらダジャレみたいになっちまった……
Ⅲb それがきっかけで意識するようになり、性交に至るのだった。
スキだから襲うぞ
どうぞ

いずれも中学生以上の女性が主人公です（『答申』四六頁には、幼児や小学生との性交為はたとえ合意があっても刑法の強姦罪に当たる事が記されています）。この三作品のうち「強姦にあたる」と判断されるものはありますか？

Ⓢ：一部では判断できませんが…。

㋙：では全部ご覧下さい（と雑誌を取り出す）。

Ⓢ：これは規制にはかからないと思います。

㋙：規制ではなく強姦かどうかの判断をお願いします。

Ⓢ：……私の判断を明言すべきではありませんので……　でもⅡとⅢは……強姦にはあたらないと思います。

㋙：そうですか…。これは規制される側としては重要な問題なんですけどね。

[八] また、貴方の[七]の判断は、容易で誰にとっても違和感がないものである、と思われますか？

Ⓢ：勿論人それぞれ判断は違います。そのため、規制への流れの中で、多くの人の意見聴取や審議を重ね、共通了解を得てゆきます。

㋙：そうですか…。今は大丈夫でもその人達が入れ替わったら厳しくなるかも…という懸念はどうしても残りますね…。

「都議会だより　二九七号」より

[九] 少子化の解決が課題の一つとなっていますね。

子どもが生み出されるには当然ながら性交渉が必要なわけですが、青少年が成長してゆくうえで、いつ頃どんな方法で性交渉を肯定的にとらえ、その知識を得るのが、健全であり望ましいとお考えですか？

Ⓢ：条例改正案は、青少年の性交渉自体を否定するものではありません。子どもの成長に応じて適切に教育してゆけばよいのではないでしょうか。

㋙：そもそも「健全な青少年」とは？

Ⓢ：条例は「こうあるべき」と強制するものではないのです。

㋙：そこを何とか!! より良い社会にしたいという気持ちは誰もが同じです。青少年の育成に望ましい形で寄り添う作品を送り出す事も、私どものこの世界における重要な使命なのです。先程の[六]にも繋がりますが、規制ばかりでなく、そこに至る指針を示して頂きたい!!

Ⓢ：では。条例の前文とその解説より。

都民は青少年が社会の一員として敬愛され、良い環境のなかで心身ともに健やかに成長することを希求している。

敬愛されるべき人間像とは、具体的には、

①家庭、学校、職場、地域社会その他友人関係において有望な成員であると同時に青少年にかけられている期待に積極的に応えられる者。

②豊かな感情をもち、情緒生活の安定している者。

③適正な職業を選んで生計の基礎を築くと同時に社会の一員としての自覚を持って、人格の完成を図る者　等をいいます。

㋙：それを目指してゆけばよいわけですね。大変参考になりました。

ご協力有難うございました!!!

記録の記録

遅れてごめんよ！

三月二十二日、気象庁は東京で桜が開花した、と発表した。
そこでさっそくこうのは桜並木を見に行き、写真を撮ってきた。二十三日の夕方、編集さんにそれを見せて、こうのは言った。
「次の「平凡倶楽部」は、桜の定点観測にしようと思うんです。満開まで一週間、散って葉っぱになるまでせいぜいそこから十日ほどですかね…毎年あっという間でびっくりしちゃいますよね」。

三月二十三日（火）

17:30 菅原さんに会う。「平凡倶楽部」原稿渡し。

三月二十四日（水）

寒い。「ときこの本」ラフ案をFAXで送る。夜、いわしの唐揚げを作った。

三月二十五日（木）

ある企画の打合せのため14:00荻窪へ。「ときこの本」ラフ案通る。

三月二十六日（金）

「ときこの本」作画。14:00 印南さんに渡す。

三月二十七日（土）

久し振りに晴れ！　ふとんを干した。

三月二十八日（日）

未知の人類「デニソワ人」発見だそうな。図書館で都の「非実在青少年」の表現規制の法案について調べる。

三月二十九日（月）

晴れたり降ったりの変な天気。東京スカイツリーが東京タワーの高さを越える。

三月三十日(火)

快晴。だが寒い!!

三月三十一日(水)

夫と一緒にお花見に来てみたが寒くなるばかり…お菓子を買って帰って、だらだら過ごした。

四月一日(木)

暖かで風の強い1日。この陽気で一気に満開になったようだ。

四月二日(金)

強風で傘が使えそうにない。あわてて出かけたが、この直後どしゃ降り、ずぶ濡れに…。

四月三日(土)

17:00「星のふる里」4色頁と題字を岩間さんに渡す。葉書を2枚出す。

四月四日(日)

寒い。終日「星のふる里」下描き。ちなみにこれは 24頁の読み切り作品だ。

四月五日(月)

今日も寒い。終日下描き。そして5月1日発売の「ビーラブ」(講談社)に載る予定。とさりげなく宣伝したりして。

四月六日(火)

久し振りに暖かい。過去作の事で、梁谷さんと渋谷さんに、桜吹雪の中会いに行く。

四月七日(水)

昨日とはうって変わって寒い！下描きでもやろう…。

四月八日(木)

近所のお寺にお釈迦様の像が出してあった。甘茶をかけて来た。晴れても寒い1日。

四月九日(金)

下描き完了。枠線引き。そういえばひよどりがうちにここ2,3日来ていない。本当は今日が平凡倶楽部の更新日なんですが…。

四月十日(土)

事故があったらしく救急車が止まっていて撮影できず。ぶらついて必要以上に時間をつぶしてしまった。
し、仕事があー!!

四月十一日(日)

昨日今日と暖かい。確定ネームを岩間さんに送る。井上ひさし死去を知る。

四月十二日(月)

めちゃくちゃ寒い！終日ペン入れ。夫の靴に桜の花びらがついていた。

四月十三日(火)

うって変わって暖かい！ところで子供の頃はこういう葉桜の方がきれいだと思っていた気がするんだよね。

四月十四日(水)

今は、見た目よりも、花しかない、という異様な気迫に美意識を見出しているのかも知れない。

四月十五日(木)

再び寒く! 真冬並みだそうな。お? ひよどりが戻って来ているぞ。

四月十六日(金)

寒いって!!! 16:00岩間さんに「星のふる里」原稿渡す!! ワーイできたー!!

四月十七日(土)

朝なんと雪がつもっていた! 昼つばめを見つけた。夜たけのこの土佐煮を作った。

四月十八日(日)

久し振りにのどかな1日。ふとんを干した。

四月十九日(月)☀

暖かくなってきた。八重桜の並木を通って、美樹ちゃんに会いに行く。

四月二十日(火)☁/☂

強風。13:00小笠原さんと松木さん。夕方なぜか朝日新聞の電話取材。前日発表の手塚治虫文化賞で思いっきりハデに落選してんのにな♡

四月二十一日(水)☀/☁

暑い。近所のスーパーで「ファーストトマト」が「ファウストトマト」になっていて、ニヤニヤ過ごす。

二〇一〇年は、記録的な低温と、記録的に桜の開花期間の長い春となった。

つまり、はからずも今回は、非常に記録的な事象の記録となってしまったのだった…。

でもまあ、これだって来月あたりにはころっと忘れちゃうぐらいの記録なんだろうね。

でないと困るよ!、

寒いのはもうたくさんじゃい!!

四月の雪を追いかけて

さて、今年東京では、なんと四月十七日に雪が降った。かような椿事は四十一年振りだそうだ。　では、その四十一年前、一九六九年は、どんな春だったのだろう？

この二〇一〇年のように、冷たい雨にうち濡れて桜はやっぱりうとうととまどろむように咲き、散って行ったのだろうか？

そこで、こうのは気象庁と図書館で、その消息を尋ねる事にした。

四月六日(日)

妙に寒いが、ソメイヨシノがずいぶん遅れてようやく開花だそうだ。
昨夜始まった「奥さまは魔女」、テレビまんがかと思ったら違った。けど面白かった。

四月七日(月)

ここ半年間の連続ピストル射殺事件の犯人、やっと捕まる。おだやかな快晴。

四月八日(火) 時々

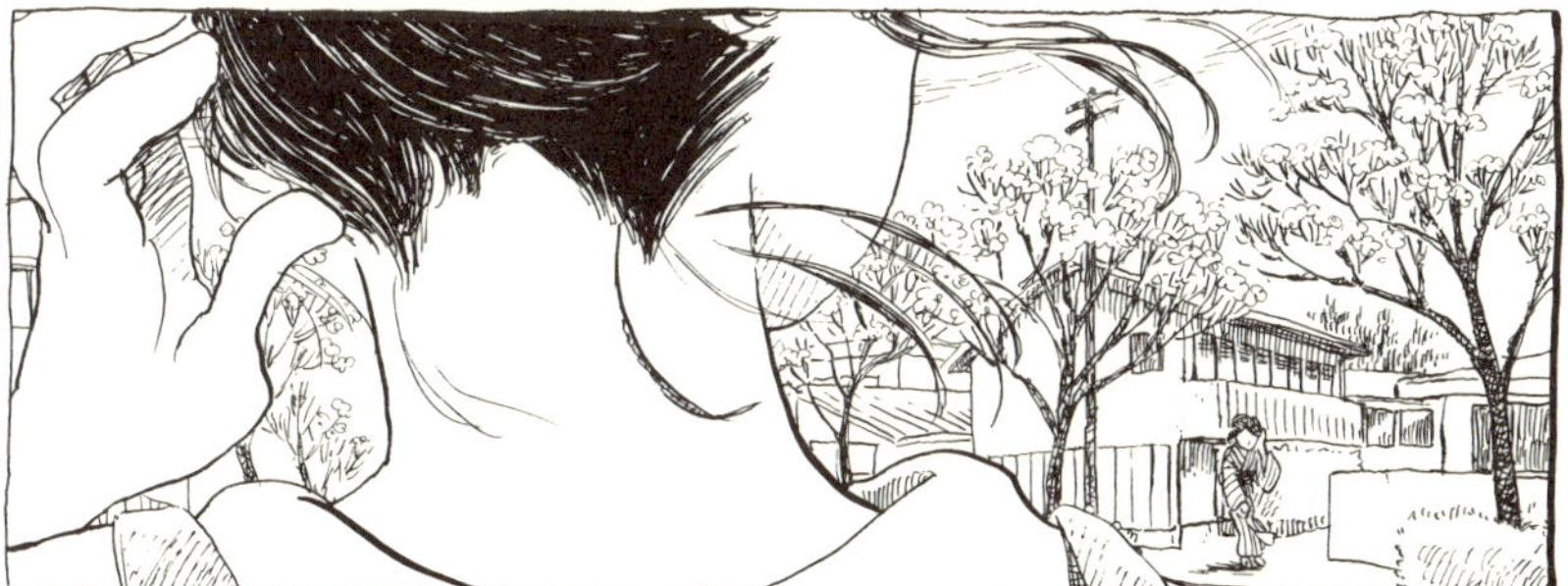

母が近所のお寺で、お釈迦様に甘茶をかけていた。私なら頭から液体を浴びせかけられるなんてたまったもんじゃないや！

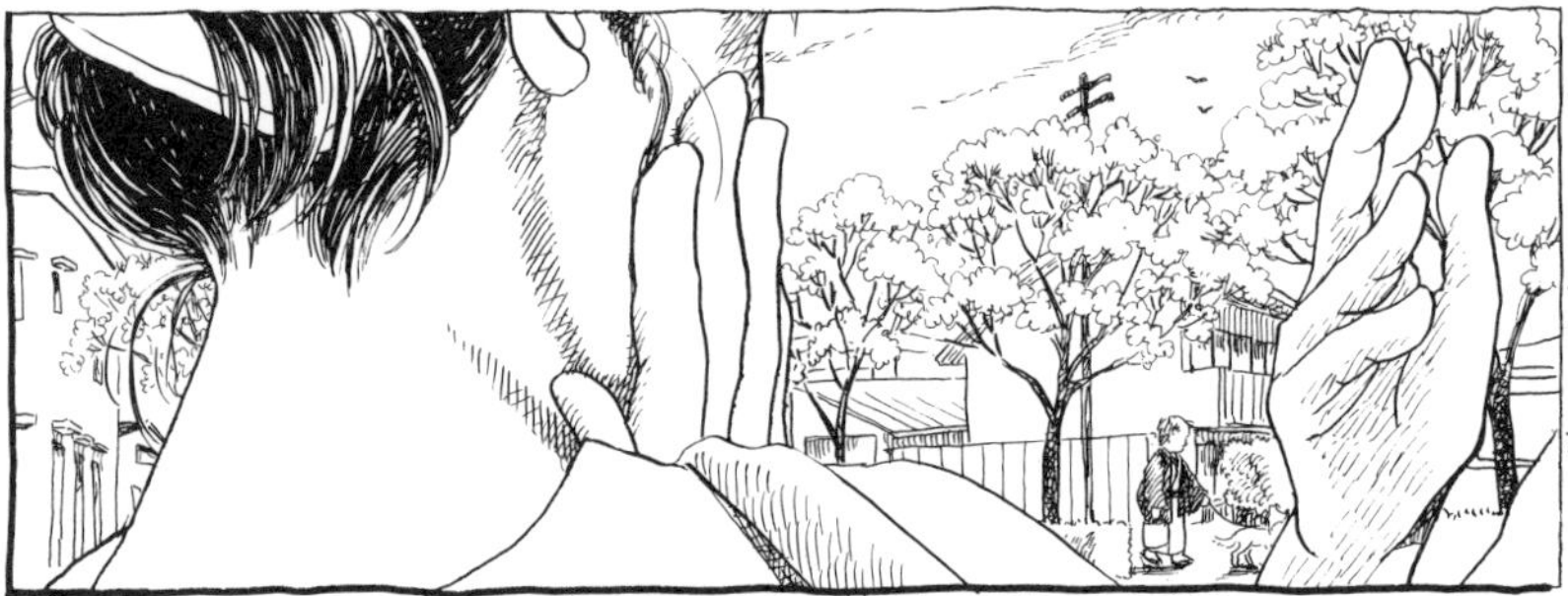

四月九日(水)のち

明け方雨が降った。それはそうと三億円事件で逃走に使われたカローラが発見されたそうよ。奥さん。

四月十日(木)

もう満開!?とみんなが言っている。そういうもんなんかね?

四月十一日(金)時々

今日はまた寒い。この冬は「記録的暖冬」なんて言われていたが、3月になって、7度も積雪があった。30cm積もった日だってあったのだ。

四月十二日(土)

確かに雪もびっくりしたが、周りが大騒ぎしていた事にはもっとびっくりした。私にとってはこちらに来て初めての冬だし、初めての3月だったから。でもああ寒いのはもうたくさんじゃい!!

四月十三日(日) 時々

ずいぶん今日は暖かい。母さん、髪に桜の花びらがついていますよ。

四月十四日(月)

今日もバカ陽気。しかし大学紛争はいつまで続くのかね。入学式すら行えていない大学が多いら
しい。賢けりゃ賢いで、余計な苦労があるもんなんだろうかね。私の苦労といえば、アセモくらいのもんだ。

四月十五日(火)

曇っているのに暑い！ 夏のようだ!! ……夏？…本当はよく知らない… みんなが言うから
ちょっと真似してみた。

四月十六日(水) のち

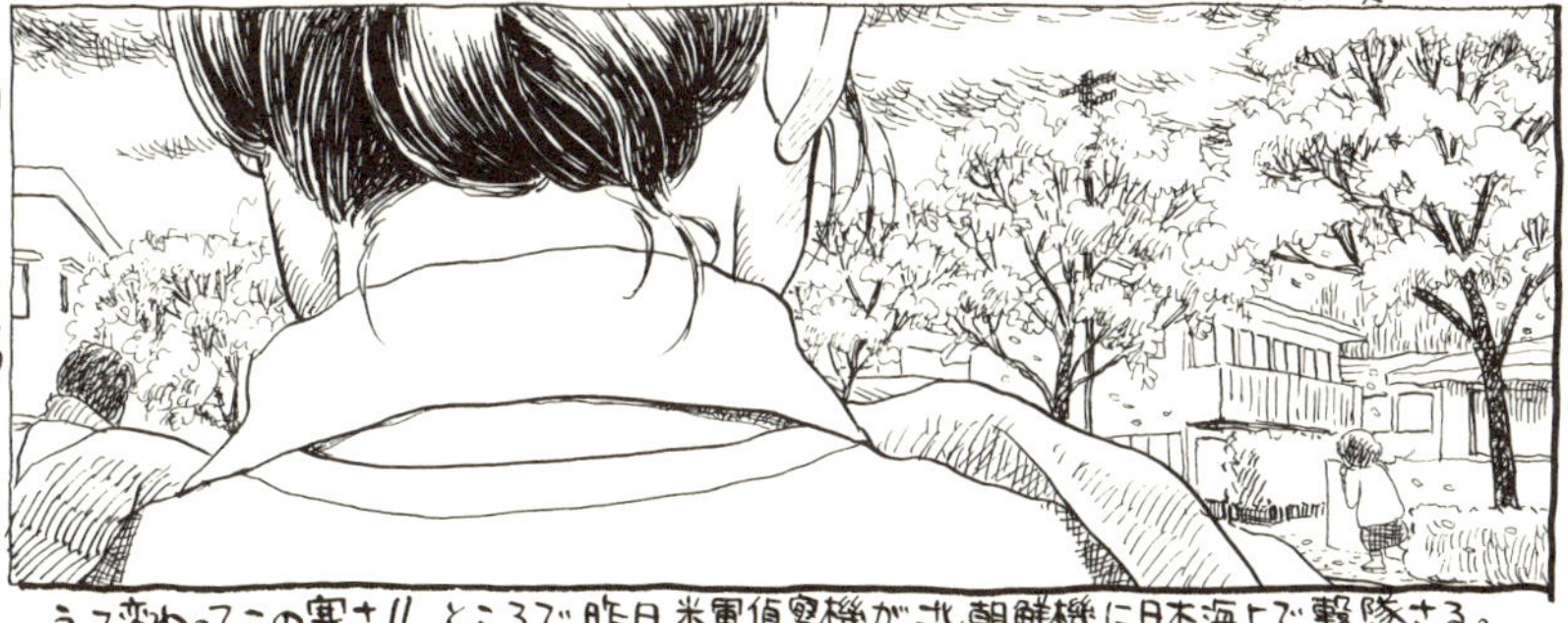

うって変わってこの寒さ!! ところで昨日、米軍偵察機が北朝鮮機に日本海上で撃墜さる。
…ということは？近頃話題の沖縄返還は？果たして実現されるのか!?

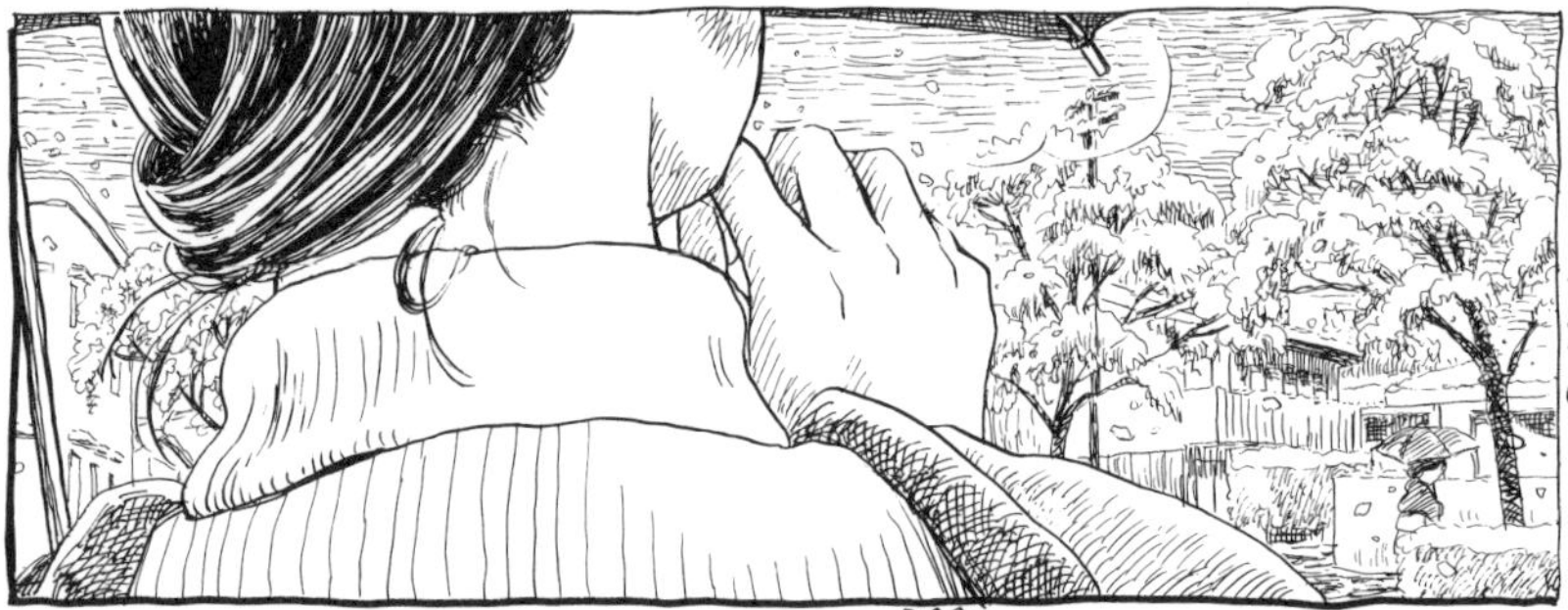

四月十七日(木)

早朝、国鉄・私鉄のストライキ。案外早く解除になったがそれより雪ですよ!!? 2cmは積もっている!

四月十八日(金)

新橋のホテルでもストライキ。京都では高校生が学校封鎖。新聞小説の挿絵に平山郁夫!

四月十九日(土)

久し振りに晴れ! 強風!! 復察機撃墜の件でか、米空母が日本海に向かっているそうだ。
エ〜〜…… この国、大丈夫なんかいね………?

一九六九年は、記録的な大雪と、記録的に遅い雪ばかりでなく、記録的に桜の開花から満開までの期間の短い春であった。

そして、こうのはこの時生後半年であった。友達もなく、飲食の楽しみも、漫画を描く喜びも知らなかった。母の背中で、その足でまだろくに踏みもせぬ世界の、その手の届きもせぬ事柄に、ただ気をもんでいたのだろう……

だからといって別に今0歳児になりきらんでもよかったよな!!

※参考文献
「気象庁月報」昭和44年3月、4月
「朝日新聞縮刷版」昭和44年3月、4月

今日の運勢
占い・ユビキリ〜史代
あなたが今一緒に過ごしたい動植物は？
21種類から選んでね！
①あさり
ぷはーっ
ちょいちょい
絵：横浜市Aさん
②アルパカ
絵：香川県Nさん
③いるか
絵：厚柿Aさん
④うさぎ
⑤馬
⑥かものはし
絵：三重県Tさん
⑦犀
⑧サンスベリア
⑨山野草
⑩セキセイインコ
絵：東京都Cさん
⑪大王具足《ダイオウグソク》虫《シ》
⑫とかげ
⑬虎
⑭猫
絵：群馬県Nさん
⑮はりねずみ
絵：福岡県Oさん
⑯ミクロラプトル
⑰めじろ
⑱木蓮
⑲もみぢ
⑳雷鳥
絵：奈良県Hさん
㉑
選んだら
こちらへどうぞ！
←

①あさり
☆全体運
地味〜に信頼を得られる日。こつこつ頑張れます。
金運
たまには貯金通帳をじっくり見よう。
♡恋愛運
秘すれば花。相談事は今日中に。
幸運の鍵　砂・蝶結び

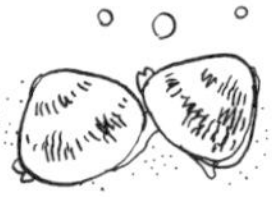

②アルパカ
☆全体運
立ち止まって見回してみましょう。良い知らせが隠れています。
金運
わりといい。
♡恋愛運
目が合ったらにっこり微笑もう。
幸運の鍵　牧場・セーター

③いるか
☆全体運
頭の冴える日。冷たい人と思われぬよう笑顔を大切に。
金運
普通だね。
♡恋愛運
誰にでも優しい人は、貴方の小さな親切に気付く人です。
幸運の鍵　電話・噴水

④うさぎ
☆全体運
話し上手は聞き上手。耳を澄ませば助言が聞こえてきます。
金運
わりといいぞ。
♡恋愛運
おとなしそうに見えて、意外に破壊力のある人かも。
幸運の鍵　耳かき・月

⑤馬
☆全体運
素早い対応がものを言う。
金運
競馬かい。これから競馬なのかい。
♡恋愛運
少々の鼻息の荒さはご愛嬌。突っ走れ!!
幸運の鍵　人参・道路

⑥かものはし
☆全体運
ひょうひょうと暮らしましょう。多方面で活躍する日。
金運
普通だなあ…。
♡恋愛運
気の乗らない誘いは、のらりくらりとかわしましょう。
幸運の鍵　卵・池

⑦犀
☆全体運
大丈夫。目の前の問題は、手強そうでも案外易しい。
金運
ワケありの値下げ品に注目。
♡恋愛運
周りが見えなくなっているかも。後にはそれも良い思い出です。
幸運の鍵　小鳥・眼鏡

⑧サンスベリア
☆全体運
危機一髪！でも、転んでもただでは起きません。
金運
大金の予感。
♡恋愛運
会いたいなら会いたいと素直に言いなよ。待ってるんだよ。
幸運の鍵　窓辺・しっぽ

⑨山野草
☆全体運
崖っぷちでも悠然と。平常心が成功へと導きます。
金運
まあ困らない程度。
♡恋愛運
言わなくても伝わる人です。世話を焼き過ぎない事。
幸運の鍵　木陰・水

⑩セキセイインコ
☆全体運
困った時は歌ってみよう。もっと困ったら踊ってみよう。
金運
小銭で遊ばないの。
♡恋愛運
陽気な貴方にみんなが夢中！時々しおらしい貴方にも夢中!!
幸運の鍵　本・ブランコ

⑪大王具足虫《ダイオウグソクムシ》
☆全体運
日頃の頑張りが認められる時が来た！
金運
お金を拾うぞ！
♡恋愛運
キモイと思っていた人を突然好きになってしまうかも！
幸運の鍵　掃除機・宮崎アニメ

⑫とかげ
☆全体運
損して得とれ。持ち前の機転で切り抜けられる筈。
金運
今日の出費は後々の貴方のため。
♡恋愛運
かっこよさ、美しさを褒めましょう。その人のボケは天然です。
幸運の鍵　お守り・日向ぼっこ

⑬虎

☆全体運
勝負だ！ちょっとハッタリもかましたれ!!
金運
出入りが激しいぞ。
♡恋愛運
大胆に行動してみよう。たまには甘えるのも大切です。
幸運の鍵　雷・お酒

⑭猫

☆全体運
穏やかな日。趣味に熱中してみよう。
金運
常々欲しいと思っていたものを買いましょう。
♡恋愛運
貴方に対して怒っている人は、実は貴方に甘えているのです。
幸運の鍵　ひげ・昼寝

⑮はりねずみ

☆全体運
じっくり計画を練ってから行動に移るといいでしょう。
金運
入る。けどまだ使えない。
♡恋愛運
可愛い人にはとげがある。悪気はないので気にしないで。
幸運の鍵　くり・病院

⑯ミクロラプトル

☆全体運
勇気を出して一歩踏み出してみよう。思いがけない能力に気付く筈。
金運
あまりない。
♡恋愛運
上から目線にならないように。
幸運の鍵　扇子・大木

⑰めじろ

☆全体運
移動が多くなりそう。お茶やおやつは遠慮なく頂きましょう。
金運
小さなおみやげを用意すると吉。
♡恋愛運
ふとしたことから友達や仕事仲間を急に意識し始めます。
幸運の鍵　蜂蜜・昆虫

⑱木蓮

☆全体運
他人の活躍の陰に隠れそう。存分に冒険するチャンスです。
金運
お財布に小銭が溜まります。
♡恋愛運
意外にもてる人です。なるべくそばから離れない事。
幸運の鍵　スプーン・街灯

⑲もみぢ

☆全体運
どーんと背中を押される日！セルフビンタで喝を入れよう！
金運
赤字でも気にしない！
♡恋愛運
恥ずかしがり屋さんが貴方をそっと見ています…まだ探さないであげてね。
幸運の鍵　夕焼け・まんじゅう

⑳雷鳥

☆全体運
「ありえねえ！」と思う服装に挑戦してみましょう。意外に好評です。
金運
部屋で謎のお金を発見します。
♡恋愛運
しみじみと関係の深まる日。
幸運の鍵　軍手・限定品

㉑↓

☆全体運
絶好調!!!
ていうか何こいつ!?
金運
チンチロリンでペリカ長者に！
♡恋愛運
好きな人をデートに誘おう。「なぜ?」と聞かれたら「占いにあったから」と堂々と答える事。
幸運の鍵　ワイン・きのこ

金曜日には、おたまがまっ二つに折れるでしょ。

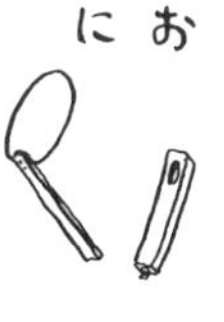

土曜日には、コップにひびが入るでしょ。

日曜日に、謎のインド人のお店に入ったら何となく出づらくなって、腕輪を買うでしょ。

月曜日に、おろし金で中指を切るでしょ！

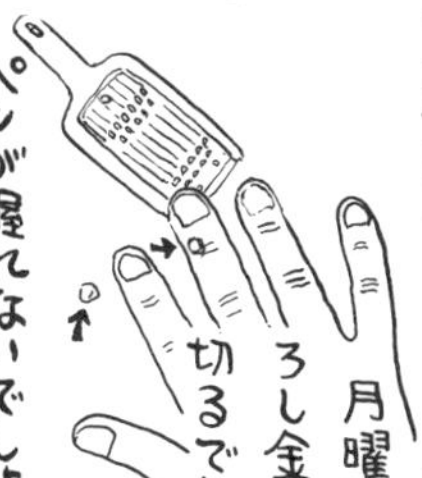

ペンが握れないでしょ！

ここまでついてないと、占いにも頼りたくなるでしょ！

ここまでへこんだら、皆さんのお便りを読んで和むしかないでしょ!!

去年の暮れに貰ったお便りで占いを作るしかないでしょ!!!

あ、おかげ様でこの通り、指はもうほぼ治りました。有難う！

或る小説家

小説

FAX

2010年 6月24日
本状含　1枚

こぅふみ様

株式会社平凡社
編集第二部企画課　菅原悠

「お世話になっております。平凡社の菅原です」

なんて、いつもの決まり文句で、FAXの文面を書きはじめてしまった。こぅふみ先生は、この編集者も毎回芸がないな、と呆れているだろうか。


私は、東京の文京区にある、小さな出版社に勤めている編集者だ。いま、WEB連載「平凡倶楽部」の担当をしている。月二回更新される、4、5ページの手書き原稿は、毎回独自の趣向が凝らされて好評だ。いまから単行本化を待ち望む声も聞こえてくる。


原稿の締切りが近くなると、私はお伺いのFAXを送る。

こんなとき、「本当はサラッと電話するのがいいのかしら?」とか「でも、原稿の執筆で気が散るといけないから、FAXの方が…」とか、いろいろと気をもんで、頭の中がぐるぐるとする。ぐるぐるとしすぎて結局連絡が遅くなり、別の筆者の方には「おみゃ〜は、連絡が遅すぎるだぎゃ〜」と怒られることも何度かあった。


FAXの前に立ち、こぅふみ先生のご自宅の番号をプッシュする。

「今回は、こぅふみ先生の新作小説だから、楽しみ!」と私は思う。「だけど、ちょっとお伺いの連絡が遅くなっちゃった…」としょんぼりもする。そして「去年の夏にもらったゴーヤーの種、育て方が悪くて芽が出なかったのを、なんだか言いそびれているなあ」と突然思い出しながら、いま、この書面を送っている。


原稿はいかがですか? ちょっと小説風にFAXしてみました。ノリノリで書いていただければ幸いです。菅原

FAXありがとぉございます!!!

やばし!! 菅原たん、まぢウケるし!!!

あ、ウチはこぅふみでぇっす。小説家なのだぁ!! 今、まぢ締切りの前日!!!!

てか、何ィー!?

菅原たん、去年あげたゴーヤーの種育てられなかったのぉ!?!? ギャハハ超ウケるーー!!!! こぅふみん家は、去年植えた夕顔、そのまんま庭に埋めてたら、今になって夕顔の芽がパネェ出まくって、超「ストップ! 温暖化」祭り状態だよ!

え!? そんなことより原稿!?

そぉだよね…、まぢ遅れてゴメンナサイ↓↓。…こぅふみはこぉ見えて苦吟型なんだぁ…。こっちこそ、頭ん中ぐるぐるなりぃ…って感じ!?!?

菅原たん、気をつかってくれてありがとぉ!!!!

えっとね、FAXでも電話でも、どっちもOKって感じだよっ?? どっちでも出来ない時は出来ないんだぁ↓↓。

でもでもっ! 全然なんも考えてないんぢゃないよっ!?


(※著者注:この文書は個人名以外はほぼ原文のままです。)

今、書きたいなぁって思ってるのは、夢があって、ちょっと切なくって、読んだら元気になれるよぉな…そんなお話なのです↑↑。ってことはやっぱ、どん底から始まる感じぃ？ 主人公も、超ナチュラル系の超内気な女の子なんだぁ。んで、みんなに助けて貰いながら、頑張って、変身してくんだぁ♪。

あれ!? これヒョットコまぢ傑作の予感!?!?!? 映画化…まではいかなくても、漫画化ぐらいはいけるかも!? 菅原たん、名前忘れちゃったけどなんかビンボー臭い漫画家と知り合いだったっしょ!?!? あの人とかに描かせてあげたらいーかもっ!?!?!?

あとさぁ、梅雨とか言っても、最近パネェ蒸し暑くね??? だから、秋とか冬のお話にしよっかなー??? なーんて思ってるんだぁ。読者の皆さんだってさぁ、夏なんかもぉーダリィっしょ??? あでも、冬はマフラーとかセーターとか、よけー暑苦しかったりぃ？ それにクリスマスとかカップルだらけでムカつくしぃ…あっ!? こぅふみは彼いるんだからねっ!!! 多分!!! その頃には!!! 菅原たんの心を代弁してあげたんだからねっ!!!!

てゆーか、男の人ってなんで自分もカップルなのに、よそのカップル見ると怒るのっ!?!?!? もしかして、こぅふみが彼女って思われてないだけなん!? そぉいえばそぉだったかも…っ。やばし。ちょっこし落ち込んできたなりぃ…↓↓。

そんなこんなで、何の話だっけ…そぉそぉ、やっぱ秋だね! って話!!!

小説

セセリの夜

こうふみ

ひんやりと風がほっぺを撫でてゆく。ゆるく曲がったアスファルトの道に、工場の影が青く四角く落ちている。

あたしは肩に提げたかばんを背中に回して、腕時計を見た。朝九時二十分。

そして握った左手を見た。いつもなら、インクだらけの軍手をはめている。今日は、軍手の代わりに薄っぺらい鍵を握っている。

そして道の右側の工場を見上げた。いつもなら、この工場の中にいる。中から小さく聞き慣れた機械の音がする。

ああいけない。もう「いつも」じゃないんだった。

あたしはまっすぐ前を向いた。突き当たりの小さな二階建てに、総務部はある。正面の玄関を入ると、総務部の扉は開いていた。

「あ、あ、お、おー…」

小さく発声練習をする。起きてからまだ一度も声を出していなかった。

「おはようございます!」

部屋に入ると、一番手前の席の女の人が顔を上げた。そして立ち上がった。この人には何度か応対して貰った事がある。澄んだ声の、笑顔の可愛い人だ。とはいえ、あたしの事なんか覚えていないだろう。でも、その人は今日は唇を少し噛んで、まつげを伏せた。

「契約の川平《かわひら》瀬芹《せせり》です。寮の鍵です」

「あ、はい。…お疲れ様です」

あたしは握っていた鍵を渡した。この人の乾いた手に触れて、鍵が温かく湿っている事に今さら気付いて、ちょっと恥ずかしくなる。

「あは…、すみません」

「川平さんですね。はい確かに」

あたしが照れ隠しに笑ったら、向こうも少しだけ笑った。何であたしが笑ったかは判らなかっただろうな。

「では、失礼します」

「お疲れ様でした」

視界の端に、丁寧に頭を下げるその人が入ったけど、わざと見ないようにして、おもてへ出た。総務部のあの女の人、あたしと同い歳くらいだろうか。あんなふうに、契約社員の一人一人に頭を下げているんだろうか…。すれ違いざまに、あたしと同じように大きなかばんを抱えた四、五人の青年が入っていった。

とんぼがきらりと光って飛んでゆく。

空が高い。

工場からは相変わらず規則的な機械の音が聞こえてくる。工場の横を、機械の音に合わせて歩いてみた。なんてのどかなんだろう。あたしの働いてた壁一枚向こうには、こんな世界があったんだ…。

そして会社の門を出た。

さて、どうしよう？

決まってる。職安だ。

あたしは職業安定所に向かって歩き始めた。さっきまで歩調を合わせていた工場の機械の音は、もう聞こえない。目の前にくっきり伸びる藍色の午前の影を眺めながら、わざと大股に、ゆっくりと。

川平瀬芹。二十六歳。職無し、住所不定。ついでに恋人無し、資格無し。所持金十一万円ちょっと。

印刷会社の契約社員だったけれど、突然解雇になったのが五日前。今日で寮の契約も切れた。

あたしは、この仕事が結構好きだった。

子供の頃から、人と話したり騒いだりが苦手だった。のっぽだからか、体育系の試合に何度か引っ張り出されたりしたけど、内気で自分からボールを奪ったり出来なくて、結局がっかりされてばかりだった。男子にもよくからかわれた。

工場での機械相手の仕事は、誰にも注目されないし期待もされない。お給料も高くはなかったかも知れないけど、欲しい服や靴も別にないし、不自由に思ったこともない。インクや機械油にまみれてうつむいてばかりのあたしに、声を掛ける人もほとんどいなかった。ほら今だって。案の定また頭を垂れて、こうして自分の影ばかり見てるんだ。

また同じような仕事に就ければ、で、住む所も紹介して貰えればいいんだけどなぁ…。

職安が見えてきた。二人ほど入ってゆくのが見えた。今日も混んでいるんだろうな。ああやっぱり。窓口にはすでに行列が出来ている。

この町には、製紙、印刷、製本会社がかたまっている。関連企業が軒並み業績不振で、この町は失業者でいっぱいだ。

途方に暮れて、外に出た。

そして、自販機で缶コーヒーを買った。自転車置き場の植え込みに腰掛けて、缶を開けた。そばにもう一人男が腰掛けている。男は溜め息をついて、呟いた。

「就職口は住みかがないとらちがあかないし、住みかは家賃はともかく敷金礼金がな…」

あたしが見ると、男もこっちを見ていた。二十代後半くらいだろうか。意外に明るい眼をしている。目が合うと、困ったように笑った。

「まったく厳しいですねえ…」

あたしは相づちを打った。この人はあたしのようにうつむきもせず、陰気でもない。なんだか、この人からは、元気が分けて貰えるような気がしたんだ。

でも大した話が出来るわけじゃない。それきりコーヒーを黙って飲んでいた。

しばらくして、男はちょっとあたしに

寄った。そして低い声で聞いた。

「あのーあんた、いくら持ってますか？」

「は!?」

「とりあえず、共同で部屋を借りるんです。その方が就職にも有利でしょう？」

「!?」

コーヒーが気管に入って、激しくむせてしまった。

「げほげほ！　し…失礼…」

そしてそのまま立ち去ることにした。

驚いた…ナンパかよ！

あたしは正直あんまり軽い人に会ったことがない。だからああいう明るさが珍しくて、つい油断しちゃったんだなあ。

気まずくなって、職安を後にした。そして不動産屋の前へ。でも確かに、さっきのナンパ君の言う通りだ。住みかさえ決まれば、仕事はゆっくり探せるもんね…。あったあった。こんなに広くなくたっていいんだけど。

賃貸アパート、六畳一間＋台所。ガス、上下水道、風呂トイレ付。

月額六万五千円！　管理費二千円!!

敷金二か月!!!　礼金一か月!!!!　ということは、65,000×(1+2+1)+2,000＝262,000。

「全部で二十六万円!?」

立ちくらみで、思わず向かいのビルの階段に座り込んだ。正確には管理費を入れて、二十六万二千円だ。

再び頭に血が巡ってくる頃には、あたしは昨夜のことを思い出していた。実家に電話したら、妹の夏菜《なつな》が出たんだ。

「お姉ちゃん!?　元気なの？　たまには帰っておいでよー」

夏菜の声は、弾んでいる。というより不自然に波打っていた。赤ん坊が泣き出した。あやしている最中だったんだ。

「ちょっとおー抱いててよー」

「はいはーい」

夏菜の旦那さんの声が近づいて、泣き声と共に遠ざかる。

赤ん坊の声って、曇りがない。なんだか、神様が選んだ人に贈ったものって感じがする。泣いてても、幸せいっぱいなんだよね。夏菜一家は、去年結婚して以来、実家で両親と暮らしている。旦那さんのことはよく知らない。優しそうな人だったけど…。

「ずーっと帰ったまま、になるかも」

とは何となく言いそびれてしまった。

そのまま座り込んでいると、さっきのナンパ君が不動産屋の前に立っている。こっちに気付かなければいいけど…。ナンパ君が手招きしたら、男の人が来た。続いて、髪の長い女の人が来た。あたしの見ていた物件を指さして何か話している。

三人とも大きなかばんを持って、くたびれた服装をしている。派遣切りに遭った人だと、すぐ判る。そして三人は、お互いの財布をのぞき込んで相談をし始めた！

そっか…女の人もいるのか。あたしは勇気を出して三人に近づいた。

「あのっ！　あたしも仲間に入れて下さい!!」

こうして四人で部屋を借りることになった。あの時はまだ、大変な勘違いをしてるって気付かなかったんだ。

もしかしたら　どこかで続く。


「夜」になる前に終わってんぢゃんオイ!!!!

と、編集の菅原たんは思うのだった。　ではまた次回。

アサキユメ

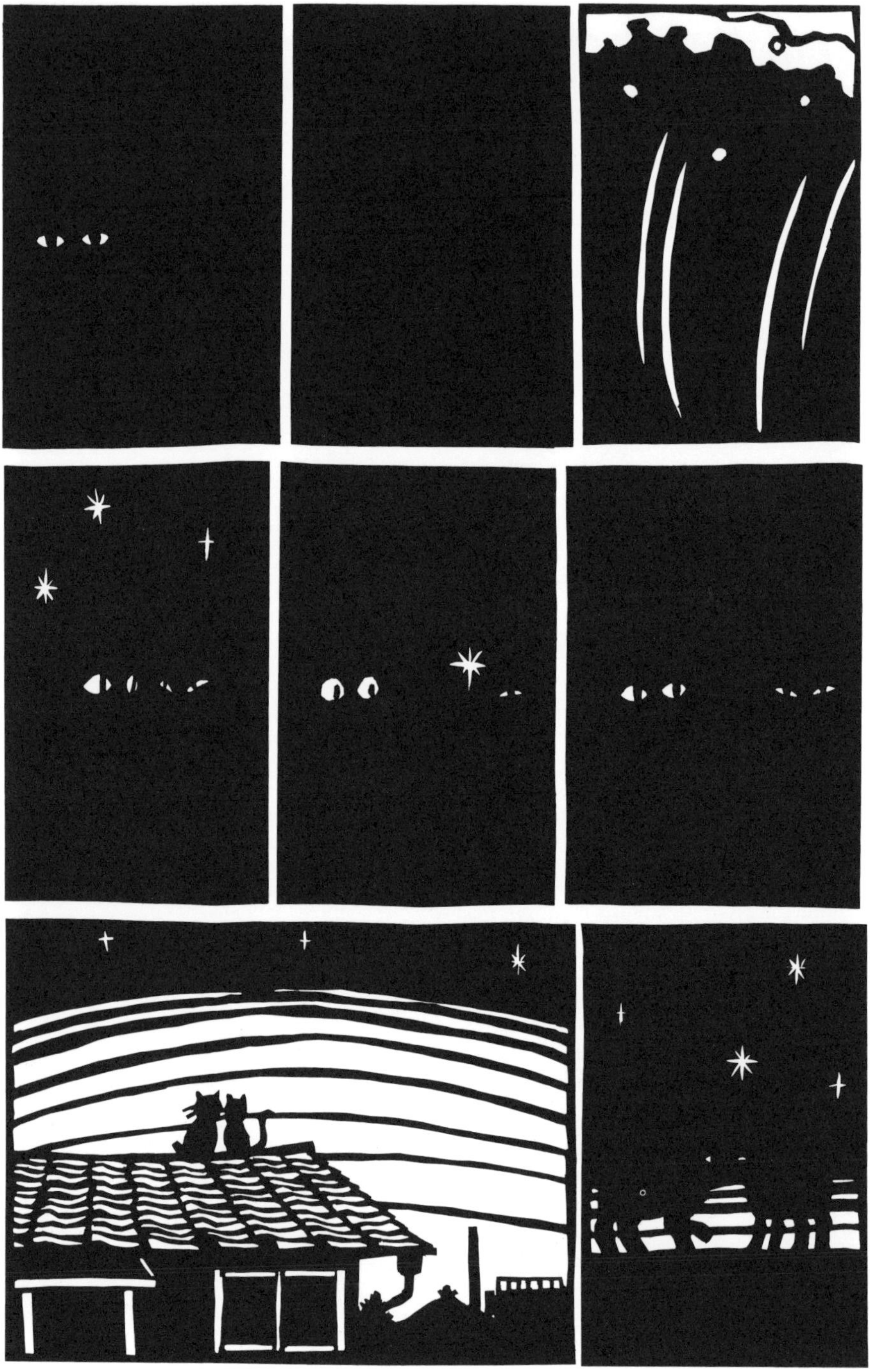

曇天ゆ《油》けむり殺人旅情

そこでふと
わたしは
ある事を
思ったのだ
日光なのに
曇りとは
これいかに

ついでに水なのに油絵とは これいかに

それは おいといて。
うー……
気付いたかね 旅のおかた
ここは……？
フォッフォッ
滝壺じゃよ
どー!!
いうて思うとったんよね！ うちゃずーっと
どの滝にも裏っ側にこんな横穴がある思うとったんよね！
ちなみに本当は滝壺はこっちなんよね！
そうかそうか
そして滝壺を誤解していた二十数年前以来の油絵が楽しかったのでもう一回塗ってみたりして。

郵便はがき
112-0001
文京区白山
2の
29の4
受付
'10.8.-5
平凡社
平凡社
編集
第二部
平凡倶楽部 読者御中!!
広島にて
こうの史代

密かな休日 I

しか し あつい すな! さて、電話屋さん→地域センター→証明写真で苦笑→区役所→自宅→再び区役所→百円均一の店→三たび区役所→自宅→再び電話屋さん→スーパーマーケット→三たび電話屋さん!!

こんな炎天下の4日間の右往左往で手に入れたのが

これです。

つまりこうだ。ちょっとだけ携帯電話が欲しくて姉に言ったら「プリペイド式」の電話の存在を教えてくれたのでさっそく電話屋さんに買いに行ったのが土曜日のことなんだけど、「写真付きの身分証明」が必要ということで、地域センターに行ったらそれは「住基カード」と言ってうちでは扱ってないと言われてとりあえず証明写真を撮っといたら目がキラキラでヘンな顔このうえなしだったのは火曜日で、水曜日に区役所に申請して、木曜の朝自宅に郵送されてきた書類を受け取ってまた区役所にそれを持ってったら今度は印鑑忘れとって百均でてきとうに買って押して「住基カード」貰って帰って麦茶飲んでから電話屋さんに持ってって手続きして貰っている間夕飯の材料買って時間つぶしてまた戻ってようやく買えたのだ!!! だが**開けてびっくり!!!**

山から海へ
こうの史代

危

密かな休日 II

お、おまえさん！
こんな
インコの鼻の穴
みたいなもんで
何を聞くと
いうのか!!

そんな
そら豆のへそ
ほどの穴で
何を語ると
いうのか!!

そして なぜわたしは
せっかく携帯電話を
持ったというのに
こうしてとりとめも
なくハガキをしたた
め貴方に出してしまう
のか。
つまりこうだ。
使った事のない
携帯電話は、いつま
でも使えるかどうか判らない
携帯電話のままであり続けると
いう事だ。
いや知ってるのよ！カッコつけた言い回し
なんかじゃ済まされないって事は
よ!!!!

古い女
こうの史代
わたしが生まれたのは三十数年前の秋の日のことでした
遠くの台風の切れ端が空を滑って来る朝でした
両親はさぞがっかりしたことでしょう
わたしは鈍感なのでそのことに気づいたのは四年後弟が生まれた時でした

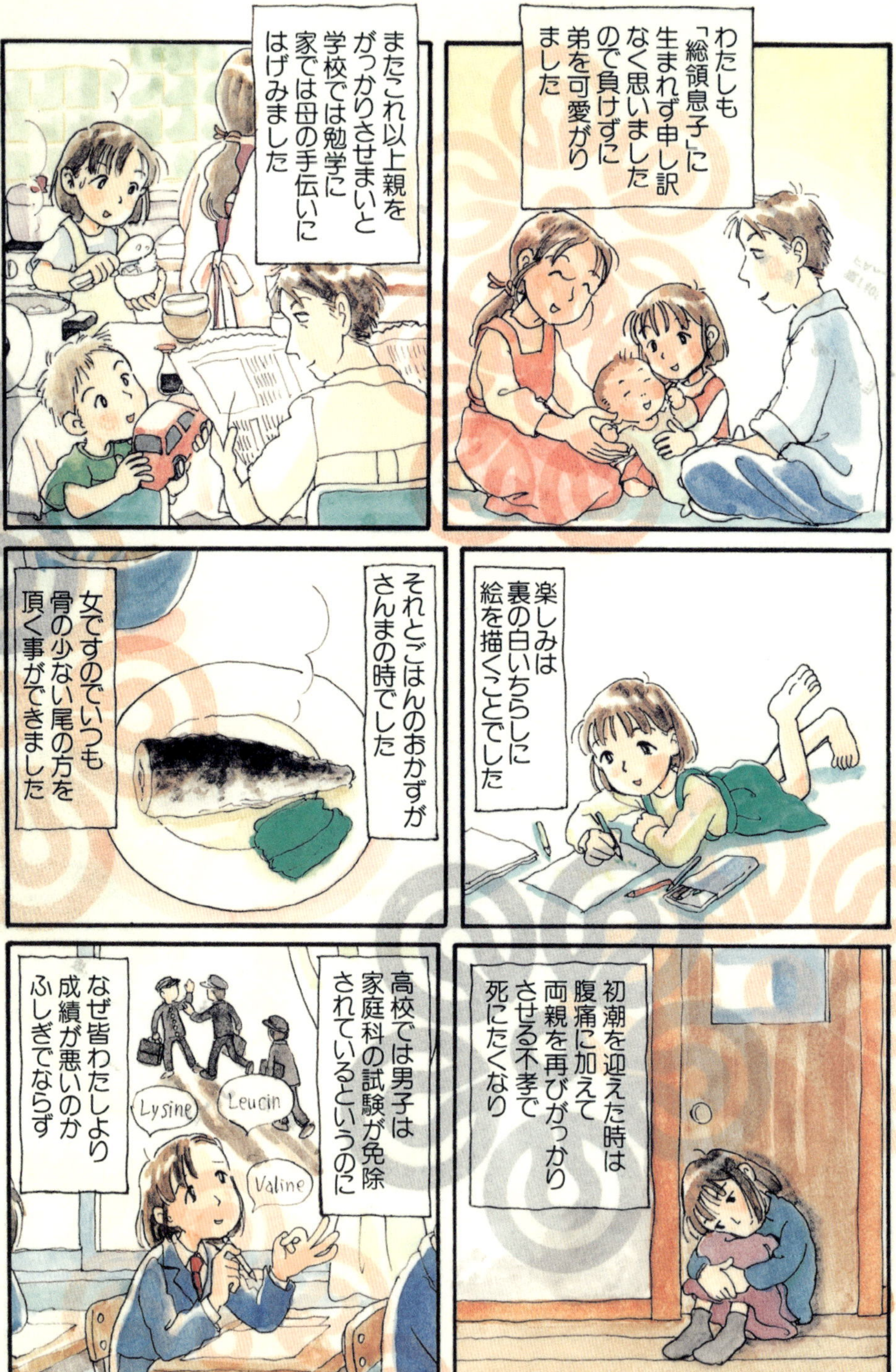
わたしも「総領息子」に生まれず申し訳なく思いましたので負けずに弟を可愛がりました
またこれ以上親をがっかりさせまいと学校では勉学に家では母の手伝いにはげみました
楽しみは裏の白いちらしに絵を描くことでした
それとごはんのおかずがさんまの時でした
女ですのでいつも骨の少ない尾の方を頂く事ができました
初潮を迎えた時は腹痛に加えて両親を再びがっかりさせる不孝で死にたくなり
高校では男子は家庭科の試験が免除されているというのに
Lysine
Leucin
Valine
なぜ皆わたしより成績が悪いのかふしぎでならず

制服を規定通り着て誰とも目すら合わせずにいたにもかかわらず痴漢に遭ったときには
男の思考回路は高尚すぎて理解出来ないと悟り
おっさんがナンパに来るので静かな場所に長居も出来ないけれど
でも大丈夫です！
わたしは待つことを知っているから
弟を都会の私大に入れるため進学は諦めておりましたが先生のお口添えで地元の国立大をわたしも受けさせて貰えました
地元の国立大
では「コンパ」なる飲み会があり
鈍感なりに先輩方のお酒の減りに目を光らせ

こんどの日曜
遊びに行こうよ
ビールの泡ばかり気にしながら
はぁ…
と言ったらしくてそれが
翌日みんなに知れておりました
せめてこの人にはがっかりされまいと
この人のうしろをいつも歩いて
卒業の日も
給料の日も
昇進の日も
背中を眺め続ける七年を経て
ただならぬ事が起きました
ほら出て来てお客様にご挨拶なさい…
ウッセェババア
男の頭はよほど軽く出来ているのか五十センチ下げるのも並ならぬ労苦なのです
女は思われて結婚するのが幸せよ
よかったねぇ
母から言われ親戚から言われ

さん寿退社
おめでとう!
思う恋も思われぬ恋も
知らぬわたしはそれでも
この人ならばと
思ったのでした
いいなあ
お前は
明日から三食
昼寝つきでさ
いつ来るだろう
いつ来るだろう
いざという日は

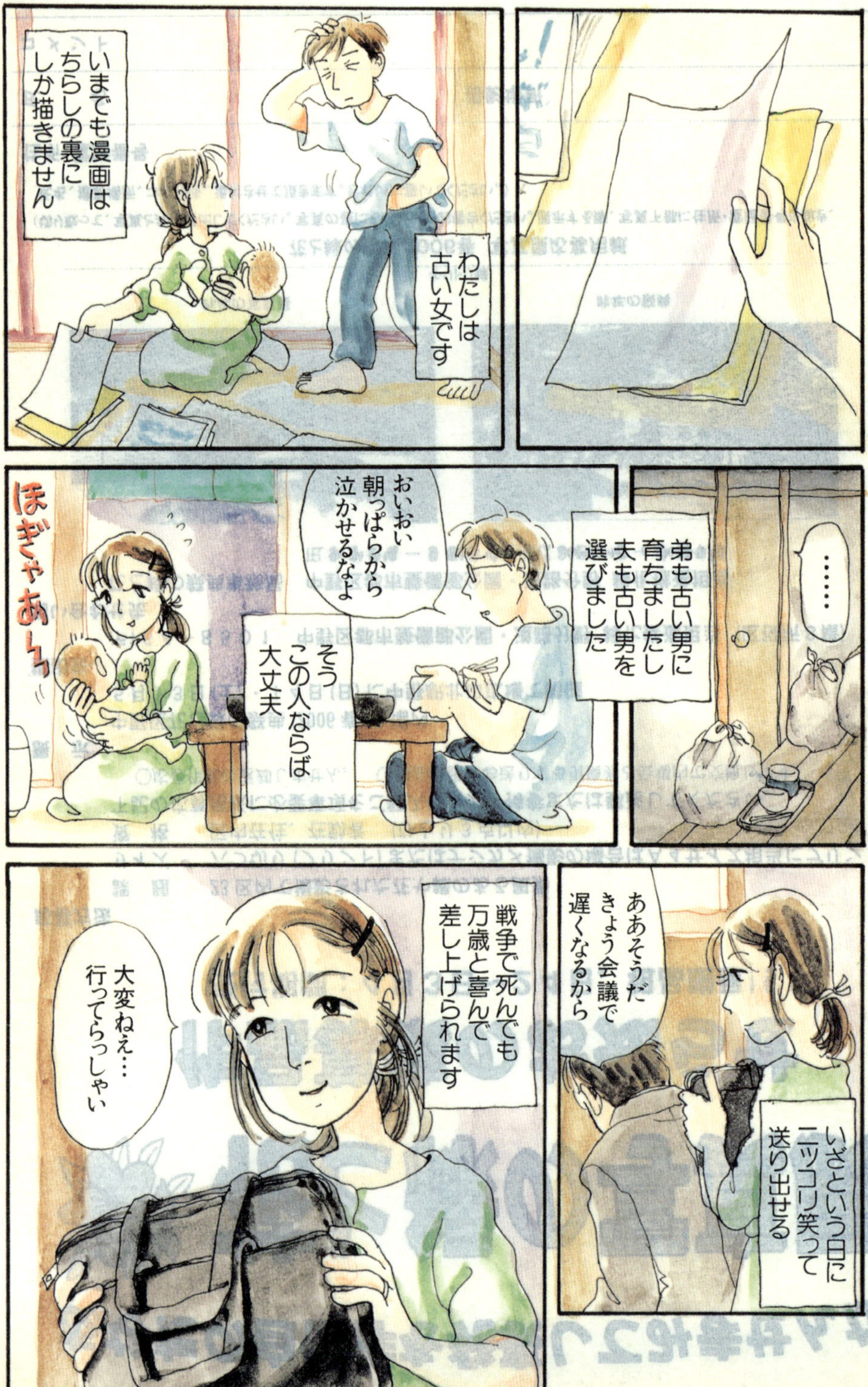
わたしは古い女です
いまでも漫画はちらしの裏にしか描きません
……
弟も古い男に育ちましたし夫も古い男を選びました
おいおい朝っぱらから泣かせるなよ
そうこの人ならば大丈夫
ほぎゃあ～
ああそうだきょう会議で遅くなるから
いざという日にニッコリ笑って送り出せる
戦争で死んでも万歳と喜んで差し上げられます
大変ねえ…行ってらっしゃい

なぞなぞさん
なぞなぞさんと会う前の晩はよく眠れない
その前の晩もよく眠れなかった
もはや緊張ではないはずだ
わたしはもう何人ものなぞなぞさんに会っているのだから
こうのさんですね
初めまして
そしてこれが今日のなぞなぞさん
わたくしこういう者です
こうのですどうぞよろしく。
写真を撮らせて頂きます
読ませて頂きましたよー
ありがとうございます。
なぞなぞさんはなぞなぞを始める
問一「夕凪の街 桜の国」では広島の原爆を扱っていらっしゃいますね
こうのさんは広島市のご出身ですか？
はい生まれも育ちも西区です。
原爆の傷跡を見つめて
漫画家 こうの史代さん
コミック「夕凪《ゆうなぎ》の街 桜の国」（双葉社）
が静かな反響を呼んでいる。
作者のこうの史代さんは一九六八年
広島市西区に生まれた。

問二　この作品を描いたきっかけを教えて下さい
編集さんに勧められたからです。

原爆ものは嫌いでしたが、この機会に勉強して漫画にまとめてみようと思いました。

編集者に勧められて、本書の執筆を決意したという。だが、いわゆる「原爆もの」は苦手だった。

問三　そもそも原爆ものがお嫌いだったというのは？どうして？

……うーん、
平和資料館も学校で見せられた記録映像も怖くて……。

……それにヒトの不幸に土足で踏み込むようで良心が咎める感じもありました。

………あと最近気付いたんですが………

……

原爆は実戦で使われた最も威力の強い兵器ですから、その「権威」におもねった作りの「原爆もの」は実は少なくありません。

例えば　その落とされる過程を得々となぞるもの、その惨禍をやたら美しい悲劇として昇華したがるもの、
それらに吐き気を覚えるのです。

それらは権威主義的で、被爆地を生き延びた人や再興した人々にたいする敬意をも欠いている気がします。

「平和資料館や記録映像がとにかく怖くて、いつも吐きそうになった。」

問四　取材はどんなふうに進めましたか？

「夕凪の街」の方は図書館に通ってほぼ本だけで

「桜の国」の方は「夕凪」でお手紙をくれた被爆二世の知人に何度かお話をきかせて貰いました。

………

………

…被爆した方から直接お話をきいたわけではないのですね？

ええ すぐれた文献が多く残されていますので…。先人に感謝しています。

………では制作にはどのくらいかかりましたか？

えーと…両方でまる二年ですね。

だが、図書館に通っては文献を読みあさった。綿密な取材を制作にまる二年を費した。

問五 出版されて高い評価を受けましたね？

はい！驚きましたねー。

あんまり原爆ものって見た事がなかったんで、よう判からんが何かもめ易い題材なんかなーとびびってまして。

ああ
担当さんから電話があるだけでもう本が回収になったんかと。

ああなるほど
そうして描かれた作品は、出版されると同時にたちまち話題となる。

問六 本が売れて生活に変化はありましたか？

やあ……それがあんまり…。

確かに単行本が出して貰えたり仕事が多く来るようになりましたが…

……

もともと漫画以外の道楽を持ちませんし…、ネタにつまるのは売れても売れなくても一緒なんですよねえ…、

あっ 青い魚以外の魚や
ひき肉以外の肉をちょっと
よく買うようになったかな?
ハハハ
問七 映画化や海外出版もされていますがどうですか!?
はい!
おかげ様で好評みたいです。
………
………。
…世界中にこの作品が受け入れられるといいですね
えっ はあ…
有難うございます。
二〇〇七年には映画化もされ、こちらも数数の賞を受賞。さらなる感動を呼んでいる。さらに、台湾、韓国、フランス、アメリカ、ドイツなど、海外で翻訳、出版され続けている。いずれも好評で、「とてもありがたい。これからもっともっと、ヒロシマの悲劇が世界に広く受け入れられるといいですね。」と、こうのさんは語る。
問八 題名に込めた思いを聞かせて下さい
なぞなぞさん
「夕凪の街」は「夕凪の街と人と」という原爆文学から頂いています。
ちなみにその著者は戦前に「桜の国」という戦意高揚小説も書いていますが、そっちはわたしは未読でして…、
この人はその作品のせいで戦後不遇だったようですけどそれも…わたしの「桜の国」も時代をただ描き写したにすぎない。
桜の国
そして今も昔もこの国が「桜の国」である事には変わりはないんですよね……。
……
……
知っているだろうか
なぞなぞさん

……うーん
まあ「街」から「国」にした事で原爆の問題の時空を超えたつながりを表現しようとしました。
この題材の前に死を選ぶ作家がいた事
ああ…そうですね
くるった作家がいた事
問九　好きな言葉を教えて下さい
「私はいつも真の栄誉をかくし持つ人間を書きたいと思っている」
アンドレ・ジッドの言葉です。
それはなぜ?
目立つ者が偉いとは限りませんからね…。どんな学校を出るか、いくら稼ぐか、有名かどうか…、
そんなものとは関係なく誰もが立派に生きようとしている。それはごく普通の事でありながらおもて立ってはなかなか見えなかったりする。
だからそういう普通の世界を普通の事ですよと示していければいいなー、と思うんです。
問十　この作品でいちばん言いたかったのはどういう事ですか?
うーん……
広島の原爆の「今」、被爆六〇年後の誇張のない姿ですかねえ…
………
なぞなぞさん
「家族の絆」とか、よく言われますが、そういうものではないですね…
……
むしろ家族ごと亡くなってしまう事に原爆の罪深さはあるのですから。
わたしもくるった人に見えるだろうか

問十一 これからはどんな作品を描かれるおつもりですか？
いろいろ考えていますが原爆はもう描かないつもりです。
いやそんな事はどうでもいいのだ
わたしは体験者でも専門家でもないし、原爆は特定の個人や団体が独占する題材ではなくもっといろんな語り口で伝えられるべきだと思うからです。
……………
……………
なぞなぞさんの唇を割って出るなぞなぞの数々
あっ…でも広島弁はまたいつか描きたいです。
なぞなぞさんしか知らぬ答えの数々
口が下手でごめんなさい。
いいえ！これからも頑張って下さい
合わない答えは書き留められずに捨てられるだけ
なぞなぞさん 貴方はどんな答えを待っていたのか
どんな答えを持っていたのか
今日のはすべてどのなぞなぞさんからも出る問題だった
問六と問九はたぶん雑談の範囲内だろう
では問三は？
問七は？
問十は？ 問十一は？
その正解を考え続けて今晩もわたしは眠れないのだろうか

8月の8日間 と80年間

4月28日(水)昼下がり

広島に着いて、荷物を宿に置いてきた。 4月に来た時は↑こんなだったが、今日はこの通り↓。

8月2日(月)

17:00頃

若者が20人くらい集まっている。 これから母と舞台を見に行く。この公園を縦断して、そごうで待ち合わせなのだ。砂地にちいさな凹みをいくつも作って、雀らが砂浴びしている。

23:00頃

あー、藤山直美ちゃんは可愛かったなあ!! む? 若者がせっせといすを並べているぞ。30列くらいはあるだろうか。よく見ると、小さなテントもあちこちに張ってある。

※ちなみに ここは80年前は、こんなふうだった。(1930年頃)

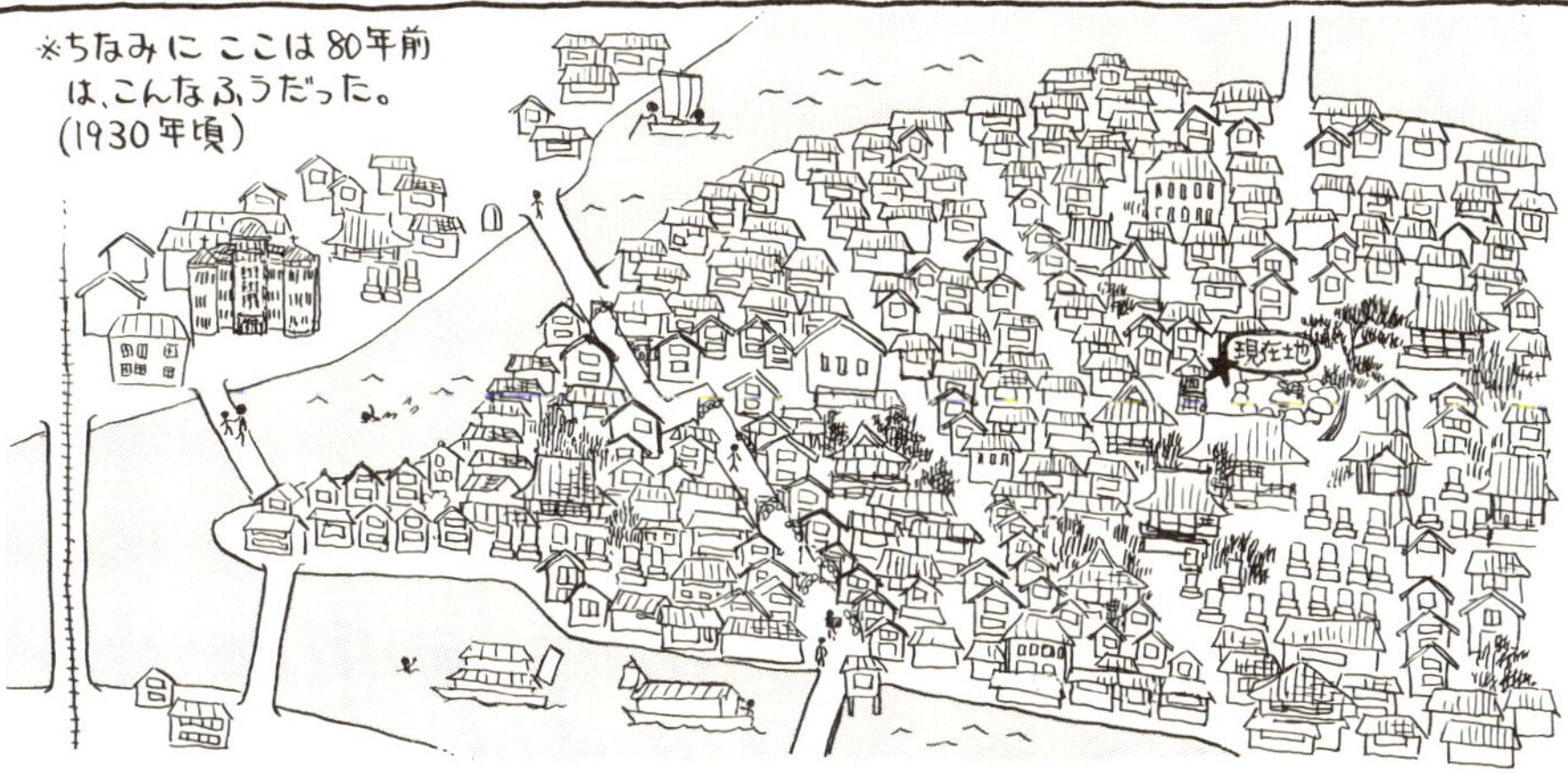

8月3日(火)
小さいテント。
合掌するおばさん。
5:00頃

大量のいすが並べられている! ほぼ86席×164列=14000席前後!? 何時までかかったのか…。ベンチには、静かに合掌して何度もお辞儀するおばさん。日に焼けて、くたびれた身なりをしている。

11:00頃

平和記念資料館で菊楽さんに会う。今年は準備が早めで、テントは31日から張られたそうだ。小さなテントには、ベッドと長椅子が置かれる。ここ(資料館出口)にも、板で小屋が作られたぞ。

17:00頃

姉と会って、お昼を食べて遊覧船に乗った。「アメリカは原爆投下を謝罪せよ」と書かれた街宣車が、平和大通りを行く。最高気温は35.8℃。今、足許には立て札が20枚ほど置かれている。

23:00頃

蛙の大合唱に導かれて、「平和の鐘」にたどり着いた。真ん中に女の人が立っている。寝付けなくて散歩されていた近所の人だった。明日は呉へお墓参りに行くのに、と苦笑されていた。

※66年前はこんなふう。
(1944年頃)

8月4日(水)
せみ。

5:00頃

先日収録したラジオ深夜便の放送日。聴いて出た。公園からぞろぞろ出て来る集団と、橋ですれ違う。が、公園はこの通り静か。慰霊碑の内壁に蝉がとまっている。平凡社に葉書を出す。

11:00頃

資料館の下に机が並べられる。ノボリを持ったお揃いのシャツの人達がバスから降りて来る。手紙を出した中川さんと会う。被爆瓦を下さった。慰霊碑横にいすが並べられる。楽隊用だろう。

17:00頃

原爆ドームの塀の内側で、テレビ局が撮影していた。お揃いの腰掛け？や帽子の人込みに紛れて、昨日の朝見たおばさんが地べたにうずくまっていた。噴水では雀が水浴びしていた。

このへんに
せみが落ちていた。

23:40頃

久保田先生と小林君と奈緒ちゃんと八丁堀で夕食。お喋りしていたら遅くなってしまった。若者が4人、静かに慰霊碑に参っている。ちりひとつない参道にアブラ蝉が転がっていた。

※65年前こうなって、
(1945年頃)

8月5日(木)
8月5日(木) 5:00頃

60代くらいの夫婦が花を捧げている。昨夜の蟬を拾おうとしたら、慌てて飛んでった。寝とっただけかい！ この後、浴衣を着て、電車で はつかいち美術ギャラリーへ 。8時40分頃の土橋《どばし》の電停

出入口
14:30 頃

には「核兵器のない世界を」というバッジを付けた人達が、電車から降りて来た。さて、さっき姉とアイスを食べた。そしてこれからバスで県立美術館へ。どちらも原画展示の初日なのだ。

17:30頃

で今戻ってきた！ これから藤井さんと加藤さんと、そごうで晩御飯。丁度吹奏楽の練習が終わった。この曲には、幼い頃からの恐怖と郷愁が分かち難く入り交じっている。やるせない。

23:00頃

さっき遊覧船の屋根にスクリーンを置いて、悲しいアニメを上映していた。影絵も展示していた。夜の川を、白い折り鶴が流れていた。慰霊碑の周りには菊が、参道には蘭が挿されている。つづく↖

※55年前。
(1955年頃)

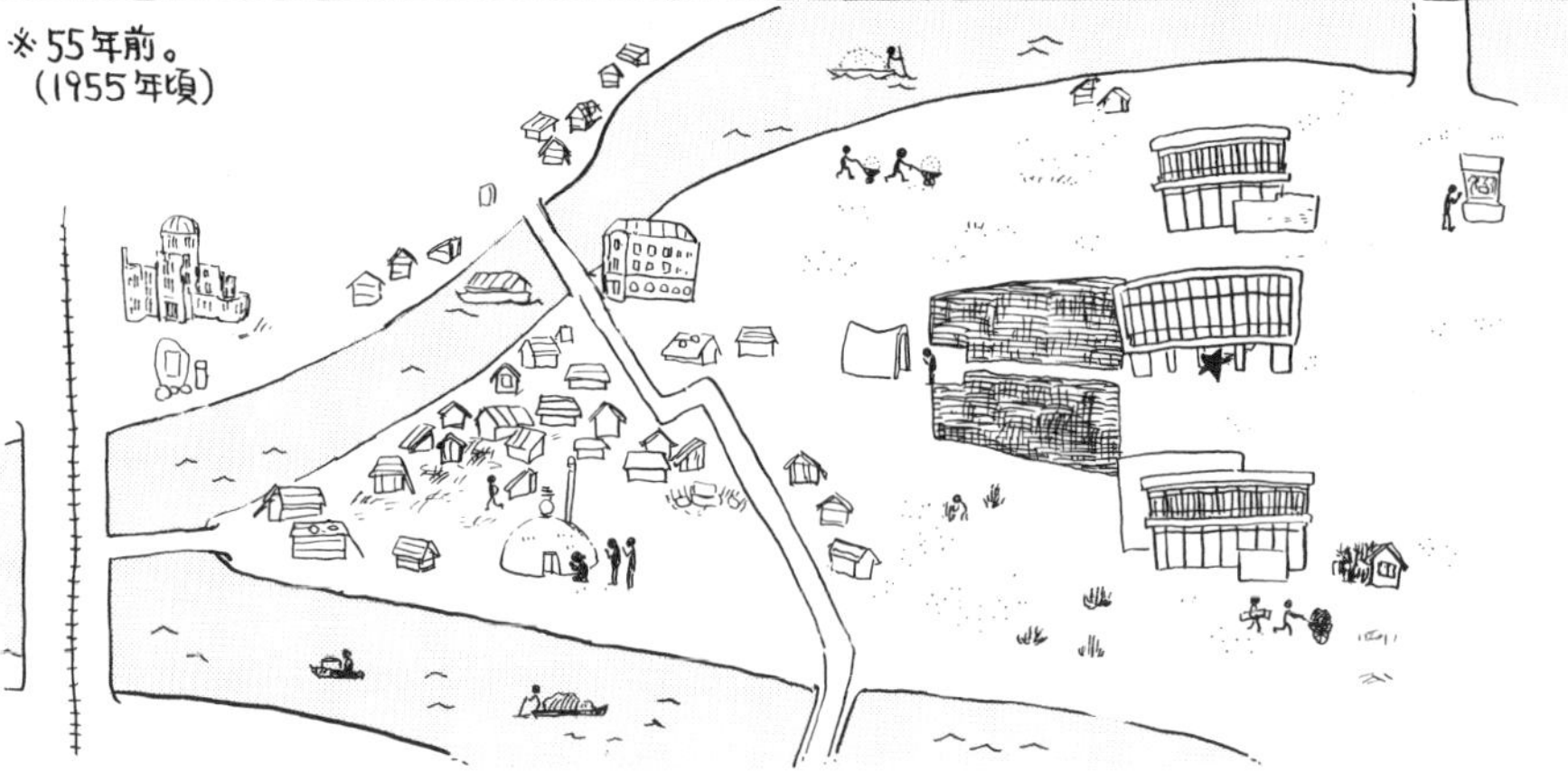

↖無人の客席を映すテレビカメラ。えーと、主催者席 全国都道府県遺族代表席 来賓席 記者席 市民代表献花者席 自治体席 被爆者・遺族席 認定被爆者席 身体障害者席 一般席。客席以外は、深夜というのに賑やかだ。慰霊碑前には、お題目を甲高く唱え続ける集団がふたつ。併せて60人くらいか。原爆ドームを写真撮影する人6人。ベンチで眠る人8人以上。一昨日と昨日見たおばさんもそのひとり。白いシャツに着替えていた。

8月6日(金) 5:00頃

細い月が出ている。慰霊碑には子連れの参拝者が意外にも多い。それ以上に報道関係者の多さに驚く。身元の分からない遺骨を納めた供養塔には、誰もお参りしていない。というか出来ない。報道関係者が9人も待ち構えているのだ。仕方なくお参りしたものの、あまりのシャッター音に思わずお線香の火を素手で掴んでしもうたわい。そして8時「原爆死没者慰霊式・平和祈念式」始まる。中央の慰霊碑

8:30頃

だけでなく、それぞれの碑や像に人が集まって、8時15分黙祷。その最中に菅政権辞めろとか叫んで川向こうを行進する集団がある。黙祷を終えてすぐ記念撮影する集団。さっそく何かの署名を求め歩く人。ちなみにここには関係者の手違いで入り込めてしまったようだ。この直後つまみ出されましたわい…。9時に

11:00頃

は中川さんのお誘いで平和観音前の慰霊式に参加させて貰う。丸岡さんや、いろんな方から、ここにかつてあった町のお話を聞く。お隣りの韓国人原爆犠牲者慰霊碑に涼しげなチマチョゴリの女の人が集まり、演台も用意される。初の出席となった国連事務総長が来られるのかも。13時頃、広島電鉄での慰霊式を終えられた藤井さんと加藤さんと落ち合って昼食。路面電車の昔話を聞かせて貰う。

17:00頃

なんともういすが全て撤収された。慰霊碑には参拝の行列ができている。家族連れが再び増えた。日暮れ前から原爆ドームの前と対岸で、灯籠流し。元安《もとやす》橋と相生《あいおい》橋は見物人でいっぱいになった。

23:00頃

嘘のように人が減った。2日前と違うのは、花と折り鶴の数。灯籠はまだ16個ほど浮かんでいて、舟で回収している。本川《ほんかわ》のやや川下では、静かに別の灯籠がまだ浮かべられている。

8月7日(土)
かにさんです。
花輪なのだ。
5:00頃

蟹が一匹お参りに来ている。20個余りの花輪と無数の花束。今年は65年目にして初めて、アメリカ代表も出席した。加害の傷も、また深い筈だと思う。それはこの国とて知らぬ傷ではない。

11:00頃

オクさんと本通りをぶらぶら歩いた。今になって外国人が多い事に気付く。「平和」を愛さない人はいない。戦争をする人だって「平和」のためと信じているのだ。なのになぜ、昨日のような、わ

減ってゆくテント。
17:00頃

ざわざ広島で「平和」を叫び合う風習が出来たのか。しらない誰かの不幸に、わたしの勝手な「平和」は託していいものだろうか。歌声が聞こえる「上を向いて歩こう」「千の風になって」。

アベックが3組。
23:00頃

かつてここは4つの町だった。瓦礫と集めきれなかった死体の上に、砂を載せ、石を敷いた。原爆のおかげでこの「平和」公園は出来た。そしてもう、黒い地層を押し隠して測らせない。

※35年前。
(1975年頃)

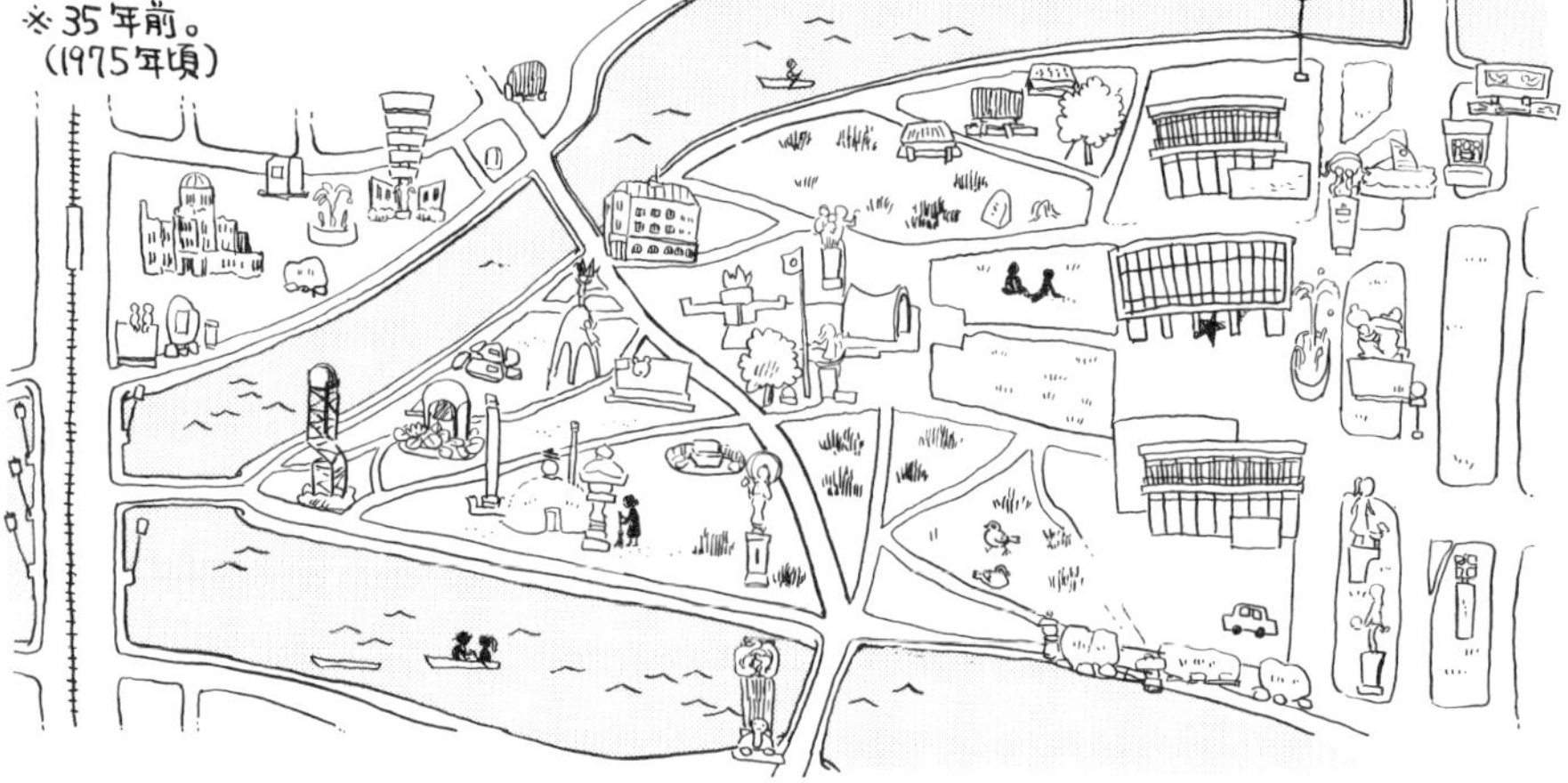

8月8日(日)5:00頃

我々はつい、罪深さを、人の恨みをどれだけ得たかで測ろうとする。それは時に、被害者が恨みを乗り越える権利を奪ってしまう。この公園は、乗り越える権利だけは残された事になるのか。

11:00頃

普通の観光客が増えて、同じような混雑も和やかに感じる。糸が足りなくなってつなぐのを諦めた千羽鶴を箱に入れたまま納めた。おとみさんに手紙出す。中央図書館へ。

17:00頃

村上さんと会う。喋りながらベンチで絵を描いた。この後、舟入《ふないり》の中華料理店で久し振りに家族揃って晩御飯。よそ行き顔で緊張気味の姪っ子達。今回は実家にも県にも寄らずじまいかも…。

23:00頃

やけに明るいのはテントが無くなったせいだろうか。と思ったら、何かの撮影だ。帰ってから、NHK「ヒバクシャからの手紙」の中継であったと知る。

※そして5年前。
(2005年頃)

8月9日(月)　　5:00頃

石碑を描いて廻っていたらラジオ体操が始まって一緒にやる。最初の歌に合わせて足踏みをするのがここ流らしい。被爆アオギリの前で、通りかかった人が父君の被爆体験を話して下さった。

半旗
11:00頃

長崎原爆忌。11時2分にサイレンが鳴って、黙祷。慰霊碑に、脱帽してお参りされている警備員さんがいた。正午に永野さんと会う。青いアゲハ蝶が2頭絡みながら喫茶店に入って来た。

傘をさしながら階段に腰かけてお喋りする4人の娘さん。
芝生にだんだん入ってゆく柴犬。
17:00頃

元安川に降りて蟹を見ていて、古いボタンを拾う。小雨が降ってきた。ボタンを遺した誰か、黒い地層の誰か。それはしらない誰かだ。ここにいるほぼ全ての人と同じように。

23:00頃

雨はすぐやんだ。止まった噴水のそばでは若者が自転車で曲乗りの練習をしている。電話ボックスには猫が1匹ずつ入って寝ている。黒猫の電話ボックスに入り、電話帳を開いた。

※そんなわけで
2010年8月6日の朝！

駐輪場
駐輪場
式典会場
本部
楽隊
車両通行止め
車両通行止め
折り鶴回収場所

8月10日(火)　　(火)5:00頃

日に日に夜明けが遅くなる。砂に雀の作った凹みが残っている。わたしには、しらない誰かを、しらない誰かでなくする努力だけは出来る。学ぶ事によって。想像力によって。

11:00頃

花が取り除かれてゆく。幼稚園児の団体さんが14人、平和記念資料館に入ってゆく。昨夜番号を調べた皆実町《みなみ》の古本屋に電話して、復刻された広島の古地図を買いに行く事にした。

というわけで、まる8日間の滞在で、珍しい昔話や地図を仕入れて来たんだけど、このお話は、またいつかね！

あとがき

愉快だったなあ…本当に愉快だったなあ。

「平凡倶楽部」は、わたしには初めてのエッセイ（ですよね？）の連載です。エッセイの良いところは、主人公が死ななくてもがっかりされないところですな。戦争ものを描き終えたばかりだったわたしには、そんな事がつくづく有難かったです。

また、「わしズム」では、お題に合わせて漫画を描かせて頂きました。小林よしのり様が責任編集長の「わしズム」という雑誌は、とんでもなく漫画的で、生きもののように不可解で、描くたびに血が騒ぎました。

小学館の酒井様には、こちらの試みを打ち明け易い雰囲気と、それを踏まえた的確な助言を頂きました。

平凡社の菅原様は、生真面目ながらも妙にお茶目なファクスを下さったりして、本当に気楽に過ごさせて下さいました。

また、対談して下さった方々と、お便りを下さった皆様。

誰より、ここまでお付き合い下さった貴方。

一年余りのこの連載は、本当にあっという間でした。でも、再び楽しい平和な漫画を描く勇気を、わたしは確かに受け取る事が出来ました。そうだなあ、まずはあのまち傑作小説を漫画化するところから始めようかな…。

有難うございました！ これからもどうぞよろしく!!

二〇一〇年一〇月　青空の午後に

こうの史代

※本書は、「WEB平凡」（http://webheibon.jp/）で2009年6月〜2010年8月に
27回にわたり連載したものをまとめたものです。
以下の漫画は「わしズム」（小学館）にて掲載されたものを再編集いたしました。
「古い女」……「わしズム」2006年19号
「私の青空」「私の白日」……「わしズム」2007年22号
「へ海らか山」……「わしズム」2007年23号
「るいるいかむい」……「わしズム」2008年28号
「なぞなぞさん」……「わしズム」2009年29号

ご協力（順不同）
福音館書店　印南さん
講談社　寺内さん
宙出版　N江さん
東京都青少年課　Sさん
小学館　酒井さん

平凡倶楽部

2010年11月25日　初版第1刷発行
2019年6月3日　初版第5刷発行

著者　こうの史代
発行者　下中美都
発行所　株式会社平凡社
〒101-0051
東京都千代田区神田神保町3-29
電話　03-3230-6585（編集）
03-3230-6573（営業）
振替　00180-0-29639
ホームページ http://www.heibonsha.co.jp/
装丁　名和田耕平デザイン事務所
印刷所　株式会社東京印書館
製本所　大口製本印刷株式会社

ISBN 978-4-582-83490-1
NDC分類番号914.6
A5判（21.0cm）　総ページ144
乱丁・落丁本のお取り替えは
直接小社読者サービス係までお送り下さい
（送料は小社で負担します）。